放棄評鑑、或死，選一個吧……

エンジェルアセスメントを諦めると死ぬ、お選びください……

天使評鑑

雪原雪
神代棐凪

青姚

前言……3
序曲……5
任務一　因錯而生的起點……6
任務二　雙胞胎天使……16
任務三　滑雲風帆……36
任務四　墮天使登場……48
任務五　潛伏的黑影……64
任務六　危險的天堂……84
任務七　註定的失敗……105
任務八　喬斯汀的特別指令……123
任務九　原野的獵場……141
任務十　烈火的山峰……161
最終任務　惡夢的盡頭……175
終曲……201
後記……203

前言

各位讀者好，我是雪原雪，很榮幸能夠和神代栞凪老師共同著作這本作品天使評鑑。

從這本書提案到完成總共花了快四年的時間，之中為了收集資料以及讓作品更好，創作更經歷了無數次的更改和刪減，最後在神代栞凪老師的共同合作下完成了這一本作品。

書中探討若是身為人類是否有可能與天使共同生活、在人們危急時上帝有可能如何幫助我們？還有邪靈如何影響週圍人事物，甚至是如何貫徹自己信念的等等探討；神代栞凪老師將本書完整的整理出，使本書更有深度，我個人十分推薦。

雖然我不是基督徒，以前也出過關於生活與禪學的書籍，本身又是一位塔羅牌占卜師，可是對於天使的設定也是很喜愛也很有興趣的呢！如果說有機會的話，真希望人生旅途結束後看看有沒有天使，也想拜訪拜訪小紫與小桃這兩位非常可愛的雙胞胎天使唷！

很感謝極光文創團隊大家對於創作的熱愛以及支持，更感謝神代栞凪老師專業又充滿魅力的指導。

讓我們繼續貫徹自身的信念以及創作的熱愛，天意計劃會完成我們的美善。

謝謝大家！讓我們一起踏上與雙子天使的旅程吧！

序曲

伴隨著巨大的喇叭聲，一陣強烈的衝擊撞向少年，讓他眼前的世界支離破碎。

好痛！

但同時，灼熱的火焰則在瞬間四散噴發，將周圍的一切都染成鮮艷的紅色。

一切都被吞噬，只聽得見劇烈燃燒的爆鳴聲，以及微弱的聲音在遠處喊叫著。

「小淳……」

少年在火焰中感受著蔓延全身的劇烈疼痛，卻在巨大的轟隆聲中聽見了自己的名字。

「小淳！」少女的聲音穿透了火，來到他的身旁。

「小淳，別死！」

但是，恐懼與痛苦卻吞沒了他。

「神啊……」

在火焰之中，他只能無聲的向神祈禱。

任務一

因錯而生的起點

小淳從朦朧中復甦過來，赫然發現自己站在一大片鋪著白色磁磚的空曠地方，身上穿著一件自己從來沒有看過的潔白袍子。

在失去意識前，他記得自己在上學的途中，應該是為了要救一個跑到馬路中央、即將被失速卡車撞上的小女孩而衝了出去。但好像還沒救到，自己的眼前就一片黑了。

他回過神來，赫然發現除了自己所站的地方之外，附近看去是一望無際的雲海。天空一片蔚藍，似乎天氣很好，太陽的溫暖讓小淳感覺很舒服。是作夢嗎？還是自己已經死了？小淳捏捏自己的臉，發現還有感覺，看來似乎不是夢。

有那麼一瞬間，小淳覺得自己應該是死了，但他看看自己的身體……不但有腳，也沒有任何地方受傷，感覺不像已經死掉了。還是說，這是什麼超乎他想像的地方。

而就在小淳正陷入思考的瞬間，一個白衣的男子突然出現在他的眼前，讓他

任務一

因錯而生的起點

嚇得整個人跌坐到地上。那是一個留著長長的鬍子、輪廓有點像西方人的中年男人。他正頭也沒抬的翻著手中的資料，露出一臉疑惑的表情。

「游正淳，沒錯吧？」

男人抬頭看了小淳一眼，馬上又低下頭去盯著手中的那一疊紙張，這種打量般的感覺讓小淳有點不太舒服。只不過，相較於這種平常會讓他感到不快的行為，了解現在到底是怎麼一回事，對小淳來說才是當務之急。

「呃……對，我是游正淳。請問這裡是哪？」小淳小心翼翼的問。

想不到聽了小淳的問題，鬍子男的表情卻從看著資料的疑惑，轉變為開心喜悅的微笑。

「天堂，應該可以這麼說吧！或者稱呼這裡是天國的大門也可以。」

「天堂？」聽到這個詞彙，小淳突然感到一陣暈眩。難道自己真的已經死了？

「所以，我還想問你怎麼會到這裡來。」鬍子男收起笑容，再度低下頭去看著手中的資料。「你的日子還沒到啊！」

「咦？」聽了鬍子男所說的話，小淳腦中的疑惑變得更大了。他整個人跳了起來，抓住鬍子男的肩膀開始晃動。

「等等，所以你說我日子還沒到是什麼意思?等一下等一下等一下等一下!你是在開玩笑嗎?你是說我還不該死掉可是卻死掉了嗎?」

「沒有，他不是開玩笑。」

這時，一個低沉的女聲從小淳的背後傳來。他放開了鬍子男，回過頭去，看見一個有著美麗的紫色長髮、身穿黑色洋裝、年齡大約十歲初頭的女孩站在自己的身後。女孩長得非常漂亮，並有著一對漂亮的紅褐色大眼睛。但不知道為什麼，她的表情非常非常的嚴肅。

「總而言之，你會在這裡，應該說是一個……意外嗎?」

少女微微向一旁讓開，另一位少女的畏縮身影便出現在她的身後。

「對……對不起……」

這個女孩有著桃紅色的長髮、穿著粉紅色的洋裝，小淳發現她除了那一臉驚懼與畏縮的表情之外，其餘的一切幾乎跟黑衣少女長得一模一樣。兩人似乎是雙胞胎的樣子。

如果是平常，小淳覺得自己應該會被這兩個女孩子可愛的外表給吸引，但是現在，他只有滿腦的問號而已。

任務一

因錯而生的起點

「妳說意外？」

「算是一點失誤吧！」

「對不起！真的很對不起！」

「唉……」

面對小淳的疑問，黑衣少女默然的態度與粉紅少女一味的道歉，反倒讓他更加搞不清狀況。在混亂之中，小淳似乎聽到鬍子男發出了嘆息的聲音，於是便再度轉過頭去看向鬍子男。

「呃……請問有誰能跟我說明一下到底是怎麼一回事嗎？」

「唉……我大概明白了。」

鬍子男走到小淳與女孩們中間，然後將雙手攤開，露出一副無奈的表情。

「這兩位是生命天使，」他將手比向畏縮著的粉紅少女，「以及死亡天使。」再將手移向黑衣少女。

「你記得你失去意識之前在哪裡、正在做什麼嗎？」

「呃……好像是正要跑到馬路上救一個小女孩。」小淳努力的回想著他醒來之前唯一記得的事情，不過除了這個，他也想不起來更多了。

「沒錯，那個時候，因為你誠心的祈禱，所以天使會幫助你避開那個危機。唉，本來應該是要這樣。」鬍子男說著說著又嘆了口氣。

「呃，本來是什麼意思？」

「意思就是，生命天使失敗了。」

「失敗？」聽著鬍子男的話，小淳看向逐漸蹲了下來的粉紅少女。

「對、對不起啦！我本來、本來是要讓你絆倒好讓你慢一點，誰知道你反而整個人多衝出去一步……」她愈說頭就愈低，讓小淳實在是不知道該生氣還是該笑才好。

「然後很巧合的，死亡天使因為判定你必死無疑，所以就把你的靈魂給帶走了。」

「咦？」小淳看向站在一旁、一臉事不關己模樣的黑衣少女。

「又……又不是我的錯。你幾乎都血肉模糊……」黑衣少女說著說著，頭也逐漸低了下來。

「等等！等一下啦！」

聽完了緣由之後，小淳開始覺得這一切都太莫名其妙了。什麼生命天使救人失敗、死亡天使誤判之類的，尤其是聽到自己壽命未到，卻因為天使的失敗而變得幾乎血肉模糊這一點。

「等一下啦！怎麼會這樣啊？那我要怎麼辦啊？」小淳愈想愈激動，他大喊著，又再度衝上前去抓住鬍子男的肩膀開始搖晃起來。但是鬍子男只是冷靜的將小淳的手撥開，並再度將手中的資料打開。

「現在也沒辦法讓你回到你的身體裡面去，因為你的傷勢實在太嚴重了，回去的話應該還是死掉一途吧！最簡單的方法，我看你的壽命大約還剩下七十年，你就在這裡等到那個時候就好了。」

「什麼？」

小淳本來以為鬍子男會說出什麼好方法，沒想到卻語出驚人的這麼說著。這下小淳再也無法按耐自己的混亂與惱怒，失口就怒吼了起來。

「別開玩笑啦！為什麼我要承擔你們失誤的後果啊？你們不是天使嗎？天使應該能讓人復活吧！而且說起來，我也幾乎每週都有去教會參加禮拜，為什麼會遇到這種事啊？我只是一個高中一年級的普通男生，未來還有著大好的青春欸！上帝為何這麼不公平……」

但小淳的牢騷還沒結束，突然一道耀眼的光芒出現在眾人的眼前，伴隨著一股雄偉的聲音。

「稍安勿躁。」

光芒中浮現出一個閃耀著的人影，緩緩的降落到小淳等人眼前。鬍子男見此，將手中的資料收了起來，向人影恭敬地鞠了個躬。

人影在逐漸消退的光芒中慢慢的化作一個有著金色長髮的人，他的身體發著金光，雙眼炯炯有神，容顏極其端正潔淨，高大如樹，一身潔白的甲冑，有著巨大的翅膀。小淳被這個『天使』的氣勢震懾，逐漸蹲坐到地上，雙眼依然凝視著他，但看不出他是男性還是女性。

「游正淳，若你再繼續說下去，恐怕你將喪失一個特別的機會。」他的聲音聽起來就像無數的回音重疊在一起，讓小淳感到有點暈眩。

「喪失？」小淳看著這個『天使』，幾乎無法說話。

「你幾乎要開口冒犯神了，不是嗎？」

「呃……這個……」聽了他的話，小淳無法反駁。

「不要緊。游正淳，我是大天使喬斯汀。雖然連我都對這次的意外感到非常驚訝，但是這件事情也並非沒有解決的辦法。」自稱是喬斯汀的『天使』走到了眾人的前方，小淳覺得他靠近時似乎帶了一陣勁風，那種巨大的感覺讓他不自覺的向後退了一點。

「你會來到這裡，連我都無法確定是否為上帝的旨意。只能說主的道路高過我們的道路，主的意念高過我們的意念。」大天使喬斯汀平靜的說著。

「現在，你能有個選擇。因為你的肉體目前已經處在沒有辦法回去的狀態，所以誠如約瑟所說，其中一個選擇，就是你的靈魂、也就是現在的你，留在這裡等到你的壽命結束，然後陷入沉睡，等待世界的末了。」

大天使喬斯汀看向鬍子男，後者點了點頭。不過這個選擇小淳完全無法接受。什麼都不能做、只能等待這種選擇，對他來說根本就稱不上是個選擇。

「還有另外一個選擇。」喬斯汀轉頭看向小淳，「接受我的評鑑，評鑑你的生命之光能否承受考驗，擁有逆轉現實的力量。」

「接受評鑑？」

「沒錯。」

「咦？哇啊啊啊啊！」

話說到這裡，喬斯汀突然蹲了下來，將手伸進小淳的身體中，取出了一顆發著微弱光芒的小球。小淳被他這個舉動嚇得哇哇大叫，但是卻絲毫沒有感覺到任何疼痛。

「那是什麼？你把我怎麼了？」眼看著光球被拿走，小淳心有餘悸的喊著，動也不敢動。

「這是你的生命之光。又或者可以稱作靈魂的『魂』，是代表你生命本質的東西。」喬斯汀將球體在手中轉動了幾下，「你的生命之光會依照你的心境與行為出現變化。也就是說，你所做的任何事情和決定都會讓你的生命之光出現變化，無論是善、是惡。」

「呃……」小淳聽了以後，還是不太理解喬斯汀所謂的『評鑑』是什麼。但是喬斯汀並沒有理會小淳的疑惑，而是將視線移到了兩個女孩身上。

「至於評鑑的內容，你就跟著這兩個天使一同執行任務，一百日後，再由我來決定你的生命之光是否擁有足以扭轉現實的力量。離世的紫、續命的燄，這個人類就由妳們來負責。」

「咦？」小淳、與兩位少女一同發出了疑惑與不解的聲音。

但是，喬斯汀卻彷彿無視了他們的反應般的說著：「這就是……『天使評鑑』！」

於是，一人兩天使就這樣看著喬斯汀，驚訝得說不出話來。

任務二

雙胞胎天使

在鬍子男『約瑟』的帶領下，小淳與兩位少女天使一同離開了鋪著白色地磚的地方，穿過雲層來到一個讓人感覺像是古代都市的區域。這裡所有的建築都是白色，跟腳下踏著的雲朵融為一體，幾乎無法分別。

回想剛才大天使喬斯汀所說的話，小淳覺得自己還有一半以上不太明白。但是想想如果有個方式能夠讓自己不要空等七十年壽命未盡的時光，或許也不是一個不能嘗試的選擇。

『無論如何，都請讓我試試看吧！』

小淳想起自己剛才在眾天使面前大喊的樣子，不自覺的害躁了起來。畢竟雖然喬斯汀露出了一副果不其然的表情，但鬍子男與兩位少女天使似乎都因為那句話而感到相當震驚。

明明還活著的時候，從來不曾覺得自己那麼有男子氣概的，而且也還完全搞不清楚所謂的『天使評鑑』到底是怎麼一回事。不過如果真的要說起來，比起什麼空等七十年，選擇接受考驗還比較符合自己的作風。如果成功了，就還有七十年的人生可以過，而就算失敗了，至少也挑戰過了。

「那麼，我就引路到此。」

隨著小淳一路想著，不知不覺路就到了盡頭，一行人即將進入白色的市鎮中。這時，約瑟轉過身來，看向小淳三人，露出了一副非常嚴肅的神情。

「少年，你千萬要記得『天使評鑑』是非常嚴謹的一件事情。雖然原因是出於一場意外，但是因為你已經決定要執行『天使評鑑』，所以你的身分就等同於天使。況且，『天使評鑑』也不單單只是考驗你是否勝任天使的任務那麼簡單而已，重點還是在你的生命之光是否能夠擁有足夠的力量。」

「總而言之，出於我個人的建言，請你謹記，萬事都務必要謹慎，千萬不要怠慢。還有，『記得在主的裏面，萬事都互相效力。』」

似乎帶有著警告的意謂，約瑟語重心長的說著。

「那麼，就祝你好運了，少年。」

語畢，約瑟就將一疊資料交給了黑衣少女，然後便順著原路走了回去。留下佇立在原地的小淳，以及明顯面有難色的兩個女孩。

「走、走吧！」過了片刻，黑衣少女、也就是被喬斯汀稱為離世之紫的女孩才開口說到，領頭帶著另外兩人走入城鎮中。

城鎮中非常安靜，彷彿渺無人煙，四周也確實沒有看見有任何的人或『天使』在走動。小淳看著這個純白色的城鎮，一方面感到非常的新奇，同時卻奇妙的感覺內心相當的平靜。

「就是這裡了，我們進去吧。」

三人不知不覺來到了一棟五層樓高的建築前，領頭的離世之紫毫不猶豫的便直接走了進去。小淳戰戰兢兢的跟上，進門之後，一片純白的景象再度映入眼簾。那完全由單一色調組成的潔白空間，讓人不自覺的就放鬆了下來。

「好了，到這裡來吧！小桃，不准開電視！」離世之紫領著兩人在沙發上坐了下來，還不忘提醒著自己的姊妹，也讓小淳意外的發現這間房子中竟然有電視。

「雖然我不太喜歡這個結果，但是也沒辦法。接下來這一百天，我們就是夥伴了。」待三人都坐定之後，離世之紫淡淡的說著，「讓我重新自我介紹一下。我是離世的紫之天使，請稱呼我為小紫。而這位是續命的燄之天使，她總是要人稱呼她……」

「請稱呼我小桃！」

「呃……嗯……小紫、小桃，你們好。」

面對兩人突然的自我介紹，讓小淳不知道該說什麼回應才好。

「你呢？你叫什麼名字？」看小淳沒有繼續回話，小桃開口問道，同時整個人靠近了過來，甜甜的笑容讓小淳一瞬間害羞得猛退了一大段距離。

「我……呃……我是游正淳，妳們叫我小淳就好了。」為了除去緊張，小淳一邊說著，一邊連忙轉頭看向坐在自己對面的小紫。

「好的，小淳。很抱歉這次的『失誤』讓你受到連累。不過既然是喬斯汀大天使的指示，我們會盡量讓你能順利完成『天使評鑑』。」

小淳從小紫的臉上看出了一絲的無奈，看來她似乎依然無法接受這個結果，不過因為話語上顯得非常柔和，所以小淳也不便再多說什麼。

只不過小淳仔細想想，自己到現在也還搞不太清楚整個狀況。唯一可以說他完全搞懂的，大概就只有『自己壽命未盡，卻因為天使的失誤而死掉』這件事情。但是這也是他唯一無法接受的事情。

這時，小紫皺起眉頭，認真的看著小淳。

「我會儘快搞清楚『天使評鑑』到底是怎麼一回事。老實說，我幾乎也是第一次聽到『天使評鑑』，所以不太明白相關的細節。不過請給我一天的時間，我一定會把事情弄清楚，在這之前，就請你先了解一下我們的任務到底是什麼吧！」

「呃……我不懂的也還很多，也希望妳們多多指教了。」

小淳淡淡的回應著。也不知道是看了小紫嚴肅回應的關係，還是純白的環境所致，小淳覺得自己現在的心情相當的平靜，甚至連剛才的不安與害羞也都煙消雲散了。這也讓小淳稍微有了一點信心。

「那麼，二樓有一個乾淨的空房間，你可以使用那裡。我跟小桃的房間在五樓，如果休息的時候有事情想來找我們，可以上來敲門。」

「呃……嗯……」小淳點點頭。

「我帶你去看看房間吧！」說到這裡，小桃開心的從沙發上跳了起來，似乎是不太喜歡嚴肅說話的氣氛，伸手將小淳一把拉起，就直接往樓梯的方向跑了過去。而小淳則是被這個突如其來的變化嚇了一跳，順勢就跟著小桃走上了樓梯。

順著樓梯到了二樓，正對的房門就是敞開的，房間裡面幾乎什麼都沒有，只有一張乾淨的床鋪，還有一張書桌跟椅子，整個房間的配色也是純白，彷彿這個世界裡不存在其他的顏色。

「話說，這裡是什麼地方？」看著這一片純白的世界，小淳想了想，完全搞不懂自己現在身在何處。雖然他曾以為這裡就是天堂，但是從天使們的對話中又得知這裡並不是天堂。所以，這裡到底是哪？

「你聽過新耶路撒冷嗎？」小紫從樓梯走了上來，似乎是聽見了小淳的疑問。

「呃……新耶什麼？」

「沒什麼，就當我沒說。你就把這裡當成是天堂的仿冒品就好了。」

「天堂的仿冒品？」

「這裡是上帝為了讓像我們這樣的天使居住，而仿照天堂的樣子所創造的地方喔！」小桃開心的說著，逕自就坐到小淳的床上。但是聽了小桃的解釋，小淳還是覺得很不對勁。

「可是，那為什麼不直接住在天堂就好了？」

「因為天堂的大門還沒有打開啊！」

「還沒打開？那死掉的人都去哪裡了啊？」

聽了小桃開心的回應，小淳的疑惑愈來愈深了。這跟他以前所理解、所聽說過的天堂與天使，怎麼好像都不太一樣？

「唉，才聽你說你都有去教會參加禮拜，你到底有沒有讀過聖經啊？」聽了小淳的話，小紫逐漸轉變為不耐煩的表情。當初第一次見面的那張冷漠嚴肅的臉，又逐漸浮現了出來。

「呃……」不過小紫的疑問，讓小淳努力的回想著以前、或者該說是生前，父母似乎常常要自己多看聖經，但是小淳覺得自己平常上學已經讀了太多的書，再加上聖經上那滿滿是字的內容，實在是讓他完全無法看得下去。

而且真的要說起來，小淳總覺得自己的父母實在是太迷信了一點。每週上教會參加禮拜也就算了，不但時常說著要將上帝的教誨融入生活中，即使是一些小事也要在那邊禱告求問。要不是教會的叔叔阿姨人都很好，跟自己年紀相仿的人也都很好相處，他根本不想去教會。

但也因為這個原因，小淳並不瞭解這個跟上帝、天使有關的信仰一直以來是在說些什麼。所以當他看到天使，又聽到上帝這個稱呼，他也只能傻在那邊，詫異那以前以為迷信的都是事實，然後再後悔著自己的誤解。

「唉……」小紫大大的嘆了口氣，一副無可奈何的表情。她走到門旁靠著門框，再度用冷漠的表情打量起小淳來，似乎又開始對必須與小淳共事的事實感到不滿。

「天堂、或者說天國，也有人稱呼為新耶路撒冷，就是上帝的國。那個美好的國度要等到世界的末了才會開啟，讓通過最後審判的靈魂進入，永遠居住在那裡。那是個以後永在的樂園，但是現在還沒開啟，所以死去人們的靈魂現在是陷入沉睡，等待世界的末了。這樣說有明白嗎？」

「呃……所以就是說，以前所有死掉的人的靈魂，現在都在沉睡就對了？」

「對。」小紫看著反應遲鈍的小淳，挑起了一邊的眉毛。

「那麼天使是？」

「天使是上帝的僕人，是執行上帝旨意的存在。小桃是續命的天使，也就是幫助位於生命危急時求告上帝的人們，讓人們化險為夷的天使。而我是離世的天使，是引領死者沉睡靈魂的天使。」

「原來如此。」小淳聽著小紫細心的解說，逐漸明白了這些未知的疑問。

「所以依照剛才那個什麼喬的……」

「是喬斯汀大天使喔！」小桃插嘴。

「嗯對！依照剛才喬斯汀大天使的說法，我要跟妳們一起執行任務。那是什麼意思？」

「這我就不知道了。」小紫撇過頭去，「我剛也說了，我會儘快搞懂『天使評鑑』的事情。在這之前，就請你先安分一點吧。」感覺得出來小紫不太願意多談。

「好、好的。」面對小紫沒有說出口的強勢，小淳也不知道該怎麼接話下去，只好沉默了下來。這時，小桃看兩人都不說話，於是便從小淳的床上跳了起來，拉著小淳就要往房間外走。

「好了好了！房間也看過了，我們一起吃飯吧！」

「咦？吃飯？」

因訝異而陷入疑惑的小淳，再一次被小桃拉著衝下了樓。從樓梯口的轉角進入客廳後，小淳驚訝的發現剛才空無一物的客廳，在餐桌上多了一堆看起來不知道是乳酪還是餅的黃色東西，餐具也擺好了。也不知道是不是顏色的關係，那些東西裝在純白色的盤子上，看起來格外的顯眼。而一同散發著的淡淡香味，非常非常的吸引人。

小淳看著堆成有如小山的黃色物體，驚訝得佇在原地，只見小桃頭也不回的往餐桌跑去，在發出一陣混亂的碰撞聲響後，她端端正正的坐在桌前，看起來是已經準備好要開飯了。

「那些看起來像是乳酪餅的東西，是被稱為「瑪那」的食物。」小淳的身後出現了小紫的聲音。似乎是看了他疑惑的表情，也懶得再等他發問了。

「瑪那？」

「瑪那是上帝恩賜的食物呦！」小桃開朗的說著，同時還搖著椅子，「瑪那並不是世間的東西，是上帝為了饑苦的子民所創造出來的食物，味道很香，而且有著千變萬化的滋味，很好吃的呦！」

聽著小桃的解說，也不知道為什麼，本來絲毫沒有任何飢餓感的小淳，突然在一瞬間就覺得自己快要餓壞了；小淳臉上期待的表情讓兩位天使也很開心。

「來吧，你坐這邊。」小紫讓小淳坐到了餐桌中間，自己則挑了小桃對面的位置坐了下來。

「要飯前禱告。」

小紫看了一眼差點就要伸手去拿瑪那的小淳，才讓他即時的停下了動作。

「對不起，我忘記了……」

「沒關係。那麼……感謝主賜予我們豐盛的一餐，也求主帶領我們接下來的時間，指示我們當行的道路。禱告奉主的名，阿門。」

「阿門。」

「阿門！」小淳看禱告結束，馬上跟著兩人說著。禱告一結束，一陣餐具碰撞的聲音馬上填滿了整個廳堂。

「瑪那」的香氣十分好聞，初看上去口感應該是十分柔軟，視覺上有點介於麵包與乳酪之間。小淳因為沒有吃過這種「天國的食物」，顯得有點害怕。但小紫卻默默的看了他一眼，並且用刀叉優雅的吃了起來。

「小淳不吃嗎？超好吃的呦！」小桃用塞滿食物的含糊聲音說著，一方面讓小淳覺得好笑了起來，也讓他的好奇心勝過了恐懼。

「唔！」

小淳學小紫將「瑪那」盛到自己的盤子後切開，用叉子將一小塊送進自己的口中。一瞬間，綿密的口感與淡淡的甜味立刻就深深地吸引了他。那吃起來就像輕起司蛋糕一樣的感覺，讓他瞬間就感到胃口大開。

他連忙送了第二塊到嘴裡，卻發現口感比前一口濃郁了些，味道也變得帶有些許的鹹味。這種奇妙的變化讓他非常的訝異。

「這到底是？」

「瑪那」味道的變化，讓小淳感到非常的不可思議，卻也愈是讓他覺得有吸引力。他緊接著塞了一大塊到口中，每咀嚼一下，「瑪那」的味道都有微妙的變化，口感也是千變萬化。這讓他逐漸對吃「瑪那」這件事感到相當的興奮愉快。

「真好吃！想不到竟然有這麼奇妙的食物！」才剛吃完一大塊，小淳又迫不期待的裝了第二塊。

「對吧！我也最喜歡瑪那了！」小桃一邊開心的笑著，一邊把更多的瑪那裝到自己的盤子裡面，「雖然人類的世界也有很多好吃的食物，不過還是沒有可以跟瑪那相比的食物呢！」

聽著小桃的話，嘴巴塞滿瑪那的小淳疑惑的看向小紫：「咦？不過話說，我應該算是死掉了吧！而且天使……也會肚子餓嗎？」邊問小紫的小淳，仍然不停品嘗著瑪那。

「瑪那是上帝對萬物的恩賜，也可以說是讓我們更親近上帝的恩惠吧！我們天使也是靈，靈也是需要能量的。食用瑪那雖然只是一種形式，但是能以食用瑪那的方式來餵飽靈，可以算是同時享受上帝的兩種恩惠。」

「那我呢？我剛剛看到瑪那的瞬間，肚子就餓了耶？」小淳將口中的瑪那嚥下，對這些有趣的說明感到好奇了起來。但是他還是順手再盛了一塊瑪那到自己的盤子裡。

「你的話……這我就不知道了。因為你既不是天使，應該也不算是人類，我是沒有聽過天使會餓死這種事情，但是如果你的靈的能量不夠，會發生什麼事情我也不知道。」

「咦？所以我還是多吃一點比較保險囉？」

聽著小紫的解釋，小淳突然有些慌張了起來，連忙多裝了好幾塊瑪那到自己的盤子裡。但這一幕被小桃看見，小桃也彷彿不服輸一般的多裝了許多瑪那到自己的盤子中。

「小淳奸詐，搶瑪那！」

「我才沒搶！天使又不用吃那麼多！」看著小桃將自己的盤子裝得滿滿的，小淳心中不知為何湧出一股鬥爭心。他連忙再裝了許多瑪那到自己的盤中，堆得比小桃還要高。

而看著燃燒鬥志的小淳，小桃似乎也跟著興奮了起來。

「誰說的?不然來比誰吃得比較多！」

「好呀！誰怕誰！」

也不知道是因為瑪那的能量還是美味，兩人突然像是在比賽大胃王一樣的將自己的盤子堆得滿滿的，同時大口大口的吃了起來。一旁看著的小紫也只能直搖頭，眼看這兩個傻瓜好像怕自己會餓死一樣的吃著瑪那，直到桌子上那一大堆跟小山一樣的瑪那都被吃完了，兩人才停了下來。

「你們是怎麼回事，像個小孩子一樣。」小紫優雅的以純白的絲巾擦著嘴，卻忍不住吐槽。

「小桃本來就是小孩子！」

「撐……撐死了……」

直到桌上的瑪那都被吃光了，小淳才終於感覺到自己完全吃飽了。不過這也讓他一掃先前既鬱悶又疑惑的情緒，回復到剛來到這裡時的平靜。

他拍拍自己因為吃飽而鼓起來的肚子，感受著這純白的世界特有的寧靜。小淳覺得，他自己以前好像從來沒有過這種感覺。

「那麼，今天就休息吧！」小紫說著，起身將餐桌倚靠上。

「咦？今天不用……呃……出任務？」小淳立刻想起了天使評鑑的事情，不過小紫只是搖搖頭，將纖細的手指指向了自己。

「不用。應該說，今天的任務已經結束了。」

疑惑的小淳看著這一幕，馬上就了解了她的意思。

是的，今天的任務已經結束了。今天的任務就是小淳自己，而且這個任務還失敗了。

想到了這裡，小淳又不禁沮喪了起來。

「別擔心，我會仔細的研究『天使評鑑』的。就請你再稍等一下。另外，請你今天待在家裡不要亂跑，因為我無法保證你迷路之後走得回來。」

「那小桃要看電視！」

「欸？」

看著細心嚴肅的小紫、活潑天真的小桃，小淳大大的嘆了一口氣。

看來接下來的日子，應該沒有那麼好過……而該如何是好，他也毫無頭緒。

†

任務二

雙胞胎天使

斜照的紅光在雲朵之間打出了絢爛的色彩，讓層層滾著的雲順著光、雲、影的層次不斷堆疊，呈現出磅礡壯闊的景緻。但散發著白金色光芒的人影佇立在高塔的頂端，面對著即將西下的夕陽，似乎正露出沉重的神色。

這時，背對夕陽的陰影處，有兩個黑影突然從其中浮現出來。大天使喬斯汀背對著黑影，雖然看似沒有一絲的反應，但卻冷冷的開口說著：「朵妮、莫妮，真是好久不見。邪靈的生活還有趣嗎？」

「欸？我還是比較喜歡墮天使這個稱呼，感覺比較有美感。」

略高的黑影以成熟性感的女聲回應著，語氣中帶有些許的俏皮。但嬌小的黑影伸手阻止夥伴繼續說下去，並用他那冷漠卻帶有一絲稚氣的嗓音問道。

「問這做啥？貴為大天使的喬斯汀大人，找我們兩個捨棄天使身分的下人有何指教？」

但喬斯汀卻靜默不語，只是靜靜的看著夕陽的餘暉。

「唉呀？莫非喬斯汀大人也想加入我們，捨棄上帝的道路嗎？」較高的黑影俏皮的喊了一聲，想不到喬斯汀卻猛然回過頭來，一道強烈的白光瞬間照得兩人睜不開眼。

「你是在開玩笑嗎?莫妮。」

兩人被喬斯汀一瞬間的氣勢震懾得動彈不得，也不知是畏懼還是敵意，兩人打開了雙手，看上去像是擺出了架式。但喬斯汀卻只是默默的看著兩人，幾秒後，又再度回頭看向夕陽。

「來了一個人類。」

「人類?」應和著喬斯汀的話，高挑的莫妮疑惑的說著。

「這個人類要透過『天使評鑑』來改變世界的道路。」喬斯汀淡淡的說著，就像是在自言自語一般。「我要你們去阻止這個人類通過『天使評鑑』。」

聽到這裡，朵妮與莫妮瞬間無語。

「為……為什麼?等一下，我們墮天使沒有義務要協助天使吧?」嬌小的朵妮結結巴巴的說著。

「我可沒說這是協助。」

說到了這裡，喬斯汀再度緩緩的轉過身來。這次，他手中拿著一顆發著微弱光芒的小球體。

「知道這是什麼嗎?」

「那是！」

兩位『墮天使』訝異得互望了一眼，彼此都相當肯定自己沒有認錯那個東西。

而喬斯汀卻發出了一陣像是冷笑的聲音。「怎麼，你們也認得上帝榮耀的同在嗎？」

朵妮驚訝的大喊著：「你、你怎麼會有『榮耀的同在』？那不是屬於特別的人類才能擁有的魂嗎？你是從哪裡弄來的？」

「你不用管這種瑣碎的事情。我想，你們應該會對這個東西很有興趣。」

「何止有興趣。怎麼，你要送我們嗎？那我們可是會非常、非常的感激你唷！」相較於有些失控的朵妮，莫妮露出了一絲輕浮的笑容，雙眼卻緊盯著發光的小球不放。

「哼！當然不能平白無故的給你們。」看著露出貪婪神情的『墮天使』們，喬斯汀再度冷笑一聲，將球體藏入了手中。

「嘖……」見喬斯汀將光球收走，朵妮發出了一聲厭惡的咋舌。「所以，只要我們阻止那個人類，你就會把那個給我們？」

「是。」

「但你為什麼要做這種事？」她疑惑的看著喬斯汀問到。

「對主不敬乃至於幾乎要褻瀆上帝的人類，是沒有資格獲得主的恩寵的。」

「你……還真是忠心吶！」朵妮對喬斯汀的答覆，完全不知道該怎麼回話。但喬斯汀卻面不改色，神情沒有任何一絲的變化，無論是它的威嚴、或是冷漠。

「當然。」

「你說話可要算話呀！喬斯汀。」莫妮輕笑了一聲，「即使是與墮天使定下契約，天使也是得遵守的。你是知道的吧！」

「你們只要全力阻止他即可，其他的不用擔心。天使不像邪靈，沒有欺騙的需要。」

聽著喬斯汀的回應，朵妮與莫妮無言以對。兩人只好再度互向對望，肯定了彼此的意見。

「好吧！就當作利益交換。」

「沒錯，就只是利益交換。」

語畢，朵妮與莫妮，兩人露出了不同的笑容，逐漸溶入了高塔的影子裡。

而看著兩個『墮天使』離去的喬斯汀，則是再度轉向了夕陽。這時，餘暉已發出了酸紅般的色彩，即將隱身在這片雲海的深處。

身上光芒逐漸黯淡的喬斯汀，同時也逐漸顯露出那如人類一般的樣貌。

「這樣一來，『榮耀的同在』就……」

只不過那張端正潔淨的面龐，卻染上了一層陰影。

任務三

滑雲風帆

「起床了！」

朦朧之中，小淳聽到呼喚自己的聲音。他似乎做了一個很長的夢，夢到自己死了，然後要跟天使一起出任務之類的。反正是個會讓他覺得非常荒唐的夢。

但是他一張開雙眼，卻見到自己躺在一個純白的房間，床邊站著的是一個身穿黑色洋裝，有著紫色長髮的少女。

「原來不是夢啊……」小淳輕聲的嘀咕著，但還是被小紫聽見了。

「原來你希望昨天的一切都是夢啊？」小紫略帶一絲嘲諷的說道。

「欸……誰都不希望自己死了，好嗎？」小淳摸摸自己的頭，然後從床上坐了起來。

昨天整個下午，小淳都被迫陪著小桃看電視，以及在家中跑來跑去。一旁的小紫不是在研究從約瑟那裡收下的資料，就是跑到外頭看起來像是庭院的地方澆花。這其中最讓小淳訝異的，除了天使會看人類的電視節目之外，就是小紫在照顧的花竟然也是純白色的。

到了晚上，小淳再次跟小桃進行了吃瑪那的比賽，後來，似乎覺得自己有點累了，就跑到房間裡面休息，也不知道是怎麼睡著的，醒過來就天亮了；看來自己已經死掉這件事，也是非接受不可了吧！

「唉……快起床吧！先下來吃早餐。」

看著小淳露出呆滯的神情，小紫嘆了口氣，默默的轉身離去。小淳望著小紫離去的背影，也不知道該開心還是難過，只覺得心中有種還不太願意承認自己已死的想法。

不過他也想起昨晚睡前，小紫說今天會跟自己解釋『天使評鑑』的事情，於是也只好趕緊下床，追著小紫來到了一樓的大廳。

「好香！」

「早安小淳！」

一踏進客廳，撲面而來的「瑪那」香氣與小桃充滿朝氣的招呼，讓小淳剛睡醒的腦袋稍微清醒了一些。看向餐桌，小桃跟小紫已經坐定，彷彿正等著小淳一起開飯的模樣，讓他的心情也變好了許多。

飯後，小淳挺著吃得飽飽的肚子走到沙發上坐了下來。本來以為小紫要跟自己說明『天使評鑑』的事情，但小紫卻拉了他的袍子，似乎是要出門的樣子。

「走吧！讓你了解天使的任務。」

於是小淳便跟著兩人的步伐，從昨天進入城中的道路出城，並且順著與昨天不同的另一座雲山爬了上去。

「其實，『天使評鑑』也沒有什麼難以解釋的，就是要你們人類的靈學習天使的工作，並且執行天使的任務。昨天，喬斯汀大天使從你身體裡面取走的生命之光，會因為你的一切反應而做出變化。所以只要一百天之後，你的生命之光擁有了足以改變你被卡車撞到命運的力量，你就成功了。」

小紫一邊走在隊伍的最前頭，一邊跟小淳解釋著。

「呃……所以，該怎麼樣才能增加生命之光的力量呢？」

小淳聽著小紫的解釋，一邊想像著電玩裡面的說明。兩者似乎可以用同樣的方式解說。

「人類在世界上的時候，是很難做出跟天使一樣的事情的，例如拯救人們的性命等等。可是你現在已經不是人類了，所以只要跟著我們，就能夠以一個天使的身分來幫助人，這樣，你生命之光的力量就會自然而然的增加。而這件事情，也只有介於人類與天使之間的你這種人才做得到。」

「所以，我只要協助妳們執行任務就好了是嗎？」

聽著小紫的解釋，什麼靈啊魂啊的，小淳覺得自己不太能理解，但想想如果只是協助兩個天使執行任務，那麼似乎也不像是很困難的樣子。

但是小紫卻在這時回過頭來，用非常嚴肅的表情看著小淳。

「這麼說不對。」

「咦？不對嗎？」連走在最後小桃都對這個說法感到驚訝。

「正好相反。是我們要協助你完成天使的工作。」

「呃……這有什麼不同嗎？」

「這你就要先明白我們的工作了。」

三人邊說邊走著，已經不知不覺的翻過了兩個雲堆。小淳從遠處看到了一片開闊的地方，那裡沒有雲，可以直接從雲上看向地面，但是下面似乎距離地面非常的遙遠，醒目的只有連綿的山巒，以及一些大城市繁華的遠景。

但是小淳從來沒有搭過飛機，所以這樣的景色他也只從圖片上看過。這種挑眼一望就能將大地與海洋盡收眼底的感覺，對他來說是全新的體驗。

「哇……」小淳看著這樣的美景，不自覺的就加快了腳步，來到離開口處很近的地方。他在附近徘徊張望著，想從不同的角度仔細看看這樣的景色。這時，一陣微風吹過，讓他不禁想張開雙手大喊起來。

「哇，今天的風真舒服耶！」

「是呀！是個很不錯的日子。」

小桃與小紫似乎也陶醉在這樣舒服的風中，兩人讓長髮隨著微風自然的飄動，讓她們別緻的臉龐顯得更加的可愛。

而正當小淳被兩個女孩的容顏吸引時，一道柔和的翠綠色光芒突然出現在三人的身旁，小淳回頭望去，看見一個人影逐漸成型在其中。

只不過人影一開口，反倒是嚇了小淳一跳。

「@%〈＃＊%@〉＃！？」

「什、什麼？」

人影發出了一段小淳無法理解的聲音，似乎是在說話，但是小淳從來沒有聽過那種語言。而人影似乎是發現了小淳的疑問，馬上清了清喉嚨。

任務三

滑雲風帆

「咳嗯……哦呀?抱歉的呀?」

隨著話語，人影逐漸化作一個有著一頭深碧綠色長髮的人。他身穿白色、綠色與金色相間的袍子，五官潔淨而別緻，同為深綠色的雙眸，搭配著長長的睫毛顯得閃閃動人，看起來是個年約二、三十歲的女性。

「米多利!」看見光芒中的人影，小桃似乎變得相當興奮，立刻三步併作兩步的跑了上去，一把就把她給抱住。

「嗨呀!小桃。還有小紫也嗨呀!」

「你好。小淳，這位是天使米多利。米多利，這位是小淳。」小紫則是一如往常禮貌的敬禮之後，轉身向小淳介紹。

「我知道的呀!是接受『天使評鑑』的呀!」

「米多利果然最厲害了，什麼都知道!」

「呵呵呵，也不是什麼都知道的呀!」

小桃微笑著離開了米多利的懷裡，讓米多利走到了小淳面前，「我是支援天使米多利的呀!你好的呀!」

米多利一邊說著，一邊微笑著看著小淳。而盯著這個天使美麗的眼睛，不但讓小淳的內心湧生出那種在白色世界裡的平靜，同時也感受到一種清新舒爽的感覺。那是一種與昨天見過的大天使喬斯汀截然不同的感覺。另外，米多利奇怪的口音也給了小淳非常深刻的印象。

「呃……妳……妳好，米多利……呃……小姐？」

「不是小姐的呀！」

米多利依然微笑著，然後走到了雲的邊緣。

「天使是沒有性別的呀！不像你們人類或是人變成的天使有男生女生的呀！而且人的外型也是為了讓你們能夠分別的呀！」

「咦？是這樣的嗎？」小淳驚訝的看著米多利，然後再轉頭看向小桃與小紫。

「先不說這個呀！妳們是不是要教他『滑雲風帆』的呀？」

「呃……滑雲什麼？」突然冒出了新的名詞，讓小淳一時反應不過來。

「不，小淳對滑雲風帆跟任務都還一無所知。不過說的也是，直接體驗就是最好的教育。」

只不過，小紫並沒有理會小淳的錯愕，而是直接走到了米多利的身旁，然後深呼吸了幾下。小淳仔細一看，發現小紫的背後、從頭髮下長出了一對紫色的小翅膀。她將雙手伸出，在半空中空無一物的地方發力，大喊了一聲：「出來吧！」，瞬間，一個像是風帆的東西，就憑空出現在大夥兒的眼前。

「哇！」

這種風帆小淳曾經也看過，那是一種靠著風力或是小型艇的拉動，在海面上滑行的一種遊樂型的工具，通常是用作水上娛樂或是比賽使用的。一般是靠著操縱者站在滑板上控制著風帆來操作方向。

只是現在這個風帆正漂浮在半空中，看起來似乎是要用來在空中飛行用的。

「這就是『滑雲風帆』，是我們在天上飛行用的工具。」小紫輕撫著那個染著漂亮紫色與白色相間的風帆，露出難得的笑容，「要與我們一起出任務的話，最首要的工作，應該就是學會怎麼操作風帆了。」

「耶？我……我要操作這個嗎？」小淳猶豫了一下，雖然逐漸走向風帆，但是腳步卻放得很慢。「呃……要是掉下去，會怎麼樣嗎？」他看了一眼那不知有多高的地面，小心翼翼的問著。

「不知道耶！小桃跟小紫有翅膀，所以不會掉下去。可是小淳會掉下去吧？」小桃聽了小淳的疑問，同樣疑惑的看向米多利。

「會的呀！人們生活的世界，也是上帝所創造的呀！所以即使是天使，在世界上也是會受到世界的法則所影響的呀！」米多利細心的提醒著。

「那掉下去會怎麼樣呢？」小桃問。

「會跟流星一樣，直接摔到地面上的呀！那可是很痛的呀！」但米多利只是笑著回答。

「咦？這麼說，明明只有我會掉下去，還要我來操作這個東西嗎？」小淳愈聽愈害怕，不自覺的就往後退了一步。但小紫不知為何卻突然轉變為生氣的表情，一手抓住小淳的領子，就把小淳推到了自己的風帆上面去。

「你廢話真多耶，直接試試看不就好了？」

還沒等小淳拒絕，小紫就跳上了自己的風帆，微微向前一傾就飛快滑了出去，迅速離開了剛才腳踏的『陸地』。小淳一時之間還沒反應過來，等到他發覺自己正被強風吹著，兩人已經飛出去好一段距離了。

「哇啊——」小淳失聲慘叫，不但緊抓住風帆握桿的雙手馬上就被汗水浸濕，雙腳也不住顫抖了起來；風帆的速度實在太快，讓小淳覺得自己好像就快要抓不住了。

「慢……慢……」小淳想叫小紫飛得慢一點，但嘴巴一打開就灌滿了風，讓他一句話都說不出來。

「小淳，不要緊張！」這時，他的身後出現了小桃的聲音。他回頭一看，發現小桃正駕著粉紅色的風帆追了上來，露出了燦爛的微笑：「小紫的技術很好，你不會掉下去的。」

「你就先習慣飛行的感覺，再讓你駕駛看看風帆。」小紫也著麼說著，雙眼凝視著遠處的雲朵，似乎有個飛行的目的地。

但在風帆上的小淳只能發出無聲的吶喊，心裡不解的想著：「為什麼妳們能那麼自在的交談啊？」。他實在無法理解在那麼高速的飛行中，為何兩個女孩能那麼自在的說話。難道這就是自己與真正天使的差距嗎？

不過還沒等小淳想出個所以然，他感覺到風帆的角度一偏，速度馬上就慢了下來。小紫、小桃在離原來不知道有多遠的雲海邊停了下來，兩人都是一臉輕鬆愉快的表情。

「怎麼樣?小淳，滑雲風帆很有趣吧！」

「看他的樣子，好像不那麼覺得呢！」

發現風帆靠到了雲上，小淳馬上就從上頭跳了下來，好好感受著「腳踏實地」的感覺，背上已經一身的冷汗。不過小桃跟小紫似乎都很享受使用風帆飛行的感覺。

「呼……呼……這玩意兒……一直都那麼快嗎？」

小淳喘著氣，還沒辦法從高速的飛行中轉圜過來，天使米多利不知何時已經跑到了三人的身旁，一隻手輕輕的搭到了小淳的肩膀上。

「當然的呀！雖然受制於物理原則的限制，但是風帆還是有著比人類使用的路上交通工具更快一些速度的呀！否則任務怎麼趕得上的呀？」

米多利一邊說著，小淳一面感受到一股暖流從米多利的手中傳到了自己的身體裡。那是一種跟吃了「瑪那」一樣、全身充滿活力的感覺。

「天使……沒有辦法直接去到需要幫助的人身旁嗎？」

小淳不解的看向米多利。經過這一天的時間，他變得不太明白天使到底是怎麼樣的存在。他以前對天使的認知，都是從一些奇幻小說或是遊戲裡面學到的，而且他也從來沒有從教會認識的朋友口中聽說過天使的事情，所以現在眼前的天使們，對小淳來說根本就是一個超大的謎團。

「如果是像米多利，或是大天使喬斯汀那樣的天使，是不需要滑雲風帆的，但是他們並不負責這樣的任務。而我們這種天使，就必須要借用滑雲風帆的速度，才有辦法在人類世界裡出任務。」

「那米多利……呃……是負責什麼的天使呢？」聽著小紫的解釋，小淳看向站在身後的米多利，回想著剛才他觸碰自己肩膀的感覺，突然覺得他變得有點巨大。

「米多利是支援天使，也就是幫助天使的天使呦！是很厲害的天使！」小桃開心的抱住米多利，而米多利也摸著小桃的頭，看起來很像一對母女相擁的畫面。

「小桃小紫也好厲害的呀！幫助人們的天使也是很厲害的天使呀！」

「那我們要執行的任務，又是什麼呢？」

小淳逐漸從風帆與雲上的速度差之間逐漸緩了過來，他看向抱在一起的小桃與米多利，然後再將視線移到小紫身上。

但這時，離他們不遠處的半空中發出了一道刺耳的嗶嗶聲，伴隨彩虹般七彩閃耀的光芒，那兒憑空出現了一個光圈。

「是任務！」小紫與小桃不約而同的大喊。

任務四
墮天使登場

面對突如其來的進展，小淳感到有些緊張。

「任務?什麼任務?」小淳轉過頭問著小紫，小紫卻沒有回應。

「這一次的任務，請將那名人類帶著。」從光圈中，傳來了一個男性的聲音。

小淳總覺得這個聲音似乎在哪裡聽過，但一時之間卻想不起來。

「約瑟大人?」小紫這麼說著，才讓小淳將聲音與昨天的鬍子男搭在了一起。

「馬上就要讓他一起執行任務嗎?會不會太早了?」

「不是讓他一起執行任務，而是直接進入『天使評鑑』，由他來進行任務，妳們改為輔助。」

「咦?」約瑟的話讓小淳嚇了一大跳。

「既然決定要進行『天使評鑑』，就沒有準備時期這種事情。這是大天使喬斯汀的意思。」約瑟的聲音這麼說到。

「既然是喬斯汀大人的意思……」小紫轉頭與小桃對望了一眼。

墮天使登場

「那麼，任務的內容就交給你們了。」

說完，再度響起了嗶聲，光圈也隨之消失。而隨著光圈的消失，小淳感覺腦袋中出現了一個模糊的影像，似乎是在霧氣濃濃的森林裡面，但是卻看不清楚是怎麼一回事。這時，小紫再一次拉起小淳的衣領，一把將他推到風帆上，自己也跳了上來。

「抓緊，要走了！」

小紫沒等小淳抗議，一個側身風帆就再度往空中飛了出去。小淳嚇得緊抓著握桿，回頭看向剛才短暫休息的地方，只見米多利綠色的身影正朝著自己揮手，駕駛著粉紅色風帆的小桃也很快的就追了上來。

「小淳別擔心，小桃會在後面確保你的安全！」看著小桃開心的向自己喊著，小淳心中稍微感到安心了一點，但是眼前面對的任務，還是讓他感到非常的緊張。

為了免去在空中飛行的恐懼，他緊緊抓著握桿、站穩腳步，卻將眼睛閉了起來，仔細回想著剛才腦中一瞬間閃過的畫面。那是一個在濃霧的森林中的場景，看起來似乎是在山裡，但是他還是不知道這個景象的意義。

「我們要去山裡幫助一個登山客，他在山裡失足滑下山崖，雖然沒受什麼嚴重的傷，但是卻迷路了。因為他祈求上帝的幫助，所以我們要去協助他。」

小紫好像看穿了小淳疑惑的如此說明。而小淳則是聽了小紫的說明後又感到更好奇了。由於這次他站在小紫的身後，所以風勢沒有大到讓他無法開口說話，於是就開口問了。

「意思是說，只要祈求上帝的幫助，天使就會來幫忙嗎？」

「也不是所有的祈求都會，而且本來就已經信主的人，身邊已經有上帝賜給他們的聖靈在幫助他們了，所以我們需要幫助的就只有求告主的外邦人而已。」

「外邦人？」

「就是還沒有信主的人。例如你。」

「原來是這樣。」小淳閉著眼睛，思考著小紫所說的話。

「別以為這樣我們天使的工作就很輕鬆喔！這個世界上信主的人其實很少呢！」

「是……是這樣嗎？」

小淳聽著小紫帶了點失望的語氣，他回想了自己生前生活的四周，好像真的是除了週日到教會參加禮拜的親朋好友之外，在學校也很少聽到有人有上教會、或是會做飯前禱告的人。

「可是，沒有信上帝的人，天使也會去幫助嗎？」小淳好奇的問。

「會的呦！上帝的慈愛對天下的人們都是平等的呦！所以上帝最棒了！」小桃在旁邊開心的回應著小淳的問題。這時，小淳感覺到風帆的角度開始向下，速度也稍微慢了下來。

「我們快到了。」

聽著小紫這麼說著，小淳慢慢的張開了眼睛。這時，空中的雲海逐漸從三人的身旁飛過，高空的雲層也離自己愈來愈遠了。但小淳向下看著那離自己愈來愈接近的地面，不禁還是感到有些害怕。

「呃……那我們等一下該怎麼做呢？」為了掩飾自己的恐懼，小淳繼續了任務的話題。

「等一下就讓小桃來教你吧！小心，我們要進入雨雲了！」

小紫掉轉了方向，讓風帆直直衝入了一片極厚的雲層中，小淳同時也感受到一股溼冷的氣息籠罩在自己的身旁。雲中很暗，但因為飛行的速度很快，兩個風帆很快的就穿越了雨雲，只不過離開雲層後，天空依然是漆黑的一片。

小淳注意到四周正在下雨，但是似乎因為自己變成跟天使一樣的緣故，他的身上沒有被淋濕，但是這種溼冷依然讓他覺得不太好受。

「到了！」隨著小紫的吶喊，風帆向下直衝，在離地大約兩三層樓高的地方停了下來。只不過三個人都沒有跳下風帆，而是就這樣浮在半空中。

就如同穿過雲層後的感受，山上的天色相當昏暗。雖然風雨不大，但是潮濕的水氣彷彿能讓人感受到山裡的氣溫有多低。這讓小淳微微的顫抖了起來，想必這樣的溼冷一定讓那位迷路的登山客相當難受。

「呃……那麼，我們要幫助的人在哪裡呢？」小淳看了看小紫、又看了看小桃，但兩人似乎也還在尋找，正四處張望著。

「這樣的狀況，到底該怎麼救那位登山客？」小淳轉過頭去看著小紫，對天使的任務還有許多的疑問，「直接用風帆把他接起來送到安全的地方嗎？」

「那樣是行不通的。」小紫的表情很認真，「一般來說，天使的存在是無法讓人類看到的。而且對於大部分人類而言，我們的存在他們連要感受到都有困難。」

「那這樣該怎麼幫助那位登山客啊？」小淳想起這次要執行任務的是自己，

瞬間又緊張了起來。

「不要那麼的緊張唷！」小桃微笑說著：「你還是可以透過『對他說話』來產生指引，畢竟他只是迷路了而已嘛！只要能夠指引他到山中的小屋內，應該就能拯救他的性命了呦！」

「因為『天使評鑑』的緣故，我們兩個是不能太直接的插手的，只能間接的協助你。所以接下來也只能由你去指引那位迷路的登山客，如果可以成功的指引他到山中小屋，那麼小桃就能協助治癒他。但如果無法順利讓他回到山中小屋的話……」小紫說到這裡，停頓了下來。

「如果無法順利讓他回到山中小屋的話？」聽著小紫的語氣，小淳不禁感到更加的害怕了。

但小紫只是輕輕的嘆了口氣，緩緩的說：「那麼，身為離世天使的我，也只能協助死者的靈魂安穩沉睡了。」

聽了小紫的話，小淳然赫然明白這位登山客的性命竟然就掌握在自己的手上。這讓他突然開始迷惘了起來。難道一個人的性命，就是如此的脆弱嗎？

「難道……難道我們沒辦法把他直接送到安全的地方嗎？」小淳有點驚恐的

問著。但小桃這時卻架著風帆靠了過來，輕輕的拉起小淳的手。

「小淳，人們的命運是沒辦法輕易地改變的。當人類選擇要擁有這個世界、擁有自己的選擇權與自主權，主就不再直接定人的生死，我們當然也就不能去更改人們的命運了。」小桃微微地笑著，「但是主卻給了人們這個恩惠，讓求告祂的人能夠蒙天使的幫助，這樣不就是最大的機會了嗎？」

「小淳，你不用擔心這些生死的問題。如果這位登山客沒有向主求，我們也就不會接到這個任務，當然也就沒有幫助這個登山客的機會。這已經是最好的機會，讓你以天使的身分去幫助他。無論結果如何，只要你能盡力去做，就算是完成任務了。」小紫也肯定的說著。

但小淳依然不太明白，為什麼天使沒辦法直接拯救需要幫助的人，而且該怎麼幫助這個人才好，自己也依然一頭霧水。

或許當初就是因為這個緣故，所以自己才會淪落到要執行什麼『天使評鑑』的下場吧！即使可以向上帝禱告，天使也會來幫忙，但是禱告卻不一定能夠實現，這也太令人難過了。而且，現在這樣的任務就落在了自己的手上。這個責任可是重大到掌握著人的性命呀！

任務四

墮天使登場

但就在小淳正打算再開口說些什麼的時候，卻發現不遠處有一個人拄著登山杖，舉步維艱的在那不是登山步道的泥濘山地中走著。

「就是那個人嗎？」

小淳訝異的看著遠處的人影，想也沒想就從小紫的風帆上跳了下來，落地時一下子站不穩滑了一跤，卻沒有跌倒的疼痛感，踩著地面的腳也不覺得有泥濘與溼滑的感覺。

「喂！那邊那個人！」小淳一時之間也不知道自己是怎麼想的，只覺得既然這個人的性命掌握在自己手中，那自己就必須盡力而為才行，於是馬上就撐起身子跑上了前去，看得小紫是直搖頭。

「先生！先生！」

小淳追在身影的後頭，一直大聲的喊著，但是對方卻彷彿沒聽到似的繼續走著。這時，小紫跟小桃都追了上來，小紫連忙拉了小淳一把，要小淳不要再喊了。

「小淳，你這樣喊他是聽不到的。」看著小淳疑惑的表情，小桃微笑著說道。

「咦，那該怎麼辦才好呢？剛剛說可以用對話來指引，不快點不行吧！」小淳看著小桃的笑臉，不太理解她們為何還能那麼從容。

「你要在他身旁慢慢跟他說話才行，而且要幫他加油，並且用你的聲音引導他方向。只要你很用心，他一定可以感受到小淳的指引。」

小桃笑了笑，拍著不知何時從背上長出來的翅膀飛了起來。

「那我先到山中小屋等你們。」

「等一下！我不知道山中小屋在哪呀！」小淳緊張的大喊，卻見到他身旁的小紫搖頭嘆氣著。

「你要專心啊！剛才任務的內容不是都已經傳達給我們了嗎？」

「專心？」

才剛說完，一股觸電般的感覺瞬間流遍了小淳的全身，他腦中的影像也變得清晰了些，連前往山中小屋的路線都逐漸浮現在他的腦海中。

「這、這到底是怎麼回事？怎麼會……」

「我們天使可是上帝的使者呦！既然要幫助人，我們怎麼可能不知道怎麼做呢？」小桃微笑著，拍拍翅膀就往遠處的山腰飛了過去。小紫見小桃飛遠了，也拍著翅膀飛了起來。

「小淳，我去確保天候會不會有變化，有狀況我會再來幫你。這位登山者就交給你了。」

看著小紫微笑著離開的表情，小淳突然變得無話可說。雖然他還不明白天使到底為什麼不能直接幫助人、也不明白自己能做到什麼，但在他的眼前，確實就是有一個人遭逢了危機，正等待他的援助。他楞了幾秒，只覺得不能再繼續這樣發呆下去。因為還有著一個人正等著自己出手救援。

想到了這裡，他一個箭步就往登山客的背影追了上去。沒跑幾步、也不覺得累，他一下子就來到了登山客的身旁。

這時，這位登山客正側著身子躲進能遮蔽風雨的樹洞中喘息。他打開了夾在背包肩帶上的手電筒，靠著光芒看著皮夾內的相片。相片中的人正是登山客自己：一位戴著眼鏡的中年男子，以及這位中年男子的妻子和女兒。相片中他的女兒年紀還很小，似乎還在讀小學。

小淳看著這人的裝扮，感覺這個登山客應該是一位學者之類的，背包跟帽子上的名牌寫著『教授』，姓氏的地方已經被雨水淋得模糊不清了。

「唉……爸爸真是太大意了，沒想到和考察隊出來卻意外迷路了。如果回不了家……妳和媽媽又該怎麼辦才好呢？」教授說到這裡，似乎覺得有些絕望。這也讓小淳不禁緊張了起來。

「大叔！你不可以放棄希望啊！」小淳對著教授喊著，「我們已經來了，天使已經來幫你了！你自己要對自己有信心啊！」

他想起了小桃說的，要在需要幫助的人身邊說話，並且要幫對方加油打氣。雖然知道自己的聲音這位教授聽不到，但還是非常努力的繼續跟他說話。

天色幾乎已經完全暗了下來，對於迷路的登山者來說，要平安的活下來，待在原地是很重要的準則。問題是小淳無論怎麼看，都覺得這位教授禦寒的衣服並不夠，而且教授似乎也打算自己走到登山小屋的樣子。

這時，一陣枝枒折斷的輕脆聲響，在雨聲中顯得格外清晰。小淳環顧四周，發現樹洞旁的另一棵小樹似乎已經整個歪曲，快要倒下的樣子。而就在小淳還在想著，另一邊大樹的斷枝被風吹落，好巧不巧的就砸到了小樹，小樹就這麼歪歪扭扭的慢慢倒了下來。

「快逃！不然會被困住的！」

小淳也沒多想就大喊了起來，也不知是不是聽到了小淳的聲音，教授恰巧探出頭來準備繼續前進，卻被正倒下來的樹嚇了一跳。

看見了這一幕，小淳也不知是哪來的力量，張開雙手就想要去檔倒下來的樹。而令他訝異的是，樹一碰到他自己的雙手，雖然沒有完全被擋住，但是穿過小淳身體的部份，卻讓倒下的速度慢了一點。而這慢下來的幾秒，便讓教授有了時間反應而逃開。

教授看著被小樹砸中的樹洞，大口的喘著氣。

「呼……我的天啊……剛剛那是怎麼回事，總感覺好像老天在幫助我……哈哈……」教授說著，伸手去將脖子上掛著的十字架項鍊拿了出來。

「孩子的媽總是希望我跟著一起上教會……唉……如果真的有上帝，請保佑我能平安度過這一劫吧！」

說著，教授便背穩了背包，抹去眼鏡上的雨水，調整了手電筒的位置，決定繼續前進。

「沒錯，繼續祈禱吧！我們已經來幫你了，讓我告訴你怎麼走吧！」

看著振奮起精神的教授，小淳的信心也堅定了些，彷彿有種力量從他的身體裡面湧現了出來。他開始在教授身旁走著，並不停的幫他加油打氣。而教授似乎也感受到了小淳的指引，開始往小淳腦中那個通往山中小屋的方向走了過去。

一定會順利的！小淳這麼想著，也這麼相信。

但是事情並不像小淳所想的那麼順利。雖然小淳腦中對於山中小屋的位置，是那麼簡單輕鬆就能抵達，不過實際走起來卻不是那麼一回事。

不知不覺的，時間已經從傍晚來到深夜。雨沒有停、風依然吹著。小淳逐漸發現自己對時間竟然完全沒有感覺，只覺得似乎已經經過了好些時間，但是卻離小屋還有好遠。

這時，教授似乎因為已經花了太多的力氣，加上氣溫愈來愈低，他一個重心不穩，不小心就跌倒在地。

「喂！你沒事吧？大叔！」發現教授跌倒在地，小淳急忙蹲下身，試著為他加油。

「大叔，加油啊！你不能放棄！」

這時，一個冷漠的女聲從不遠處的陰影中傳來。

「別傻了，他撐不到小屋的。」

這個聲音讓小淳嚇了一大跳。他萬萬沒有想到，會在這片山林中遇到其他任何人。而且還是個能跟他說話的人。

任務四

墮天使登場

「是誰？」這比起驚訝，小淳感到更多的反而是恐懼。

「我看你也差不多該放棄了吧？反正放棄也不算失敗，放棄又有什麼關係？」

看小淳似乎怕怕的樣子，聲音的主人逐漸逼近了過來。小淳仔細一看，發現那是一個身材嬌小，年紀看起來跟小桃、小紫差不多的女孩子。她有著短短的黑髮、細細的鳳眼，穿著跟小紫很像的黑色洋裝。那紅色的雙瞳在黑夜中彷彿會發光一般，給了小淳一股陰森的感覺。

「妳是誰？不對，我不能放棄啊！我放棄的話大叔不就死定了嗎？」小淳聽著少女的話，總覺得不太對勁。

「反正他本來就死定了啊！還是說你幫助他，只是想看他痛苦得久一點？我還以為參加什麼『天使評鑑』的傢伙，都是一些比較善良的人類哩！哈哈！」少女冷酷的笑了起來，跨著步伐走到教授的面前，一腳朝教授踢了過去。這一腳雖然並沒有踢在教授的身上，但小淳發現教授的表情似乎變得更痛苦了。

「妳、妳到底是誰……為什麼要……？」小淳因為恐懼而不敢移動腳步，但還是站了起來，挺起胸膛，裝作很鎮定的樣子。

「我？你不知道我是誰？看來帶著你的天使好像沒有先告訴你你會遇到什麼

危險，對吧？」

「危險？」

小淳看著少女壞壞的笑容，一時之間還沒反應過來，突然少女舉起了右手，就讓小淳整個人飛了出去，重重地摔在地上。

「嗚……妳到底……」在樹木間翻了幾個跟斗，小淳緩慢的從地上爬起來，驚訝的發現自己竟然還會感受到疼痛。那是從他到天國的大門之後，就沒有再感受到過的感覺。為什麼？明明剛剛從幾層樓高跳下來跟跌倒，都完全不覺得痛的。

只不過這陣疼痛，同時也讓他明白了眼前的這個女孩有多麼危險。

「難道是……惡魔？」小淳直覺的反應過來，眼前的這個女孩，也許就是常在故事中聽到的神的敵人：惡魔。但少女卻發出輕蔑的一笑，否定了小淳的答案。

「惡魔嗎？那倒不是。」少女的笑容愈來愈燦爛，卻讓小淳覺得愈來愈感到害怕。「我曾是一個天使，但是對於上帝所愛的人類不是非常滿意，所以，我決定跟我們親愛的上帝抱持著相反的意見。」

「曾是……天使……是墮天使嗎？」

聽出了少女話語中的意思，小淳猛然退了一步。從確定小紫與小桃她們不是夢的那一刻開始，他就覺得自己已經死掉了，從來沒想過自己還會有遇到危險這件情。但想不到不只是天使真的存在，連墮天使也是存在的。

「妳、妳想做什麼？」為了掩飾心中的驚懼，小淳故作鎮定的盯著眼前的少女，還刻意放大了音量。但少女卻絲毫不將小淳放在眼裡，一揮手又將小淳彈飛了出去。

「嗚啊……」

「呀哈！人類呀，自以為能主宰萬物，明明背負原罪卻不知悔改。雖然上帝曾說過要將樂園永遠賜給人類，但是愚蠢的人類卻一而再、再而三的背叛上帝。然而，雖然祂愛世人的寬闊胸襟不會改變，但是想到人類仍然會再利用這份愛而繼續背叛……」墮天使看著小淳，眼神逐漸變得冷酷，「我就是看不慣明明人類那麼的爛，竟然還要去守護他們。所以我選擇了與上帝對抗，讓你們這些人類最後都只能下地獄。」

少女憤怒得大吼了一聲，一個揮手，小淳就再一次的被拋飛到空中，重重的摔到了地面！

任務五　潛伏的黑影

小淳因為沒想到自己會再一次受到攻擊，這下痛得幾乎爬不起來。

「妳、妳就算這麼做，就算阻止我幫助這個大叔，人類也不會因此下地獄啊！」小淳趴在地上大喊著。他完全聽不懂少女墮天使想說的是什麼，只覺得她想要阻止自己幫助教授，是一件很奇怪的事情。

「哼！雖然你現在是模擬成天使的存在，但畢竟只是個人類。我也許殺不死你，但是依然能讓你痛不欲生喔！怎麼樣？你就放棄吧！反正你應該聽過，這人死了就只不過是睡了，到時候再接受最後的審判而已。而且呀！你即使再怎麼努力，也不保證能成功不是嗎？你看，他就快不行了，你就放過他，別讓他再痛苦下去了，好嗎？」

少女看著倒在遠處的小淳，蹲了下來查看教授的狀況。小淳知道，現在的教授幾乎已經是快要不行了的狀況，所以如果再不快一點讓教授抵達山中小屋，那他就死定了。可是，如果說要小淳放棄一個還有希望的人命……這他怎麼能有辦法做到呢？

「少在那邊……廢話……」雖然臉上冒出冷汗、還不停的喘息著，小淳依然瞪著眼前的墮天使，慢慢的爬起身來。

「還想逞強嗎？」墮天使一揮手，想將小淳再一次的打倒在地。但這次小淳反射性的側身閃躲，竟然只覺得左腳被絆了一下，才明白原來她的攻勢是可以躲開的。

「嘖！」發現攻擊被閃過，她再一次揮手，但因為第一次反射閃過的緣故，小淳也大概掌握了閃躲的感覺，於是便一邊閃躲著，一邊跌跌撞撞的往少女墮天使跑了過去。

「你這傢伙！」本來一直顯得游刃有餘的墮天使，因為小淳大膽的舉動被嚇了一跳，發動攻勢的速度慢了一拍，被小淳趁隙一個撲上來，剛好絆到了她的腳。

「混帳！」

小淳也非常驚訝自己能成功撲到少女墮天使的腳，但因為自己實在沒有對付她的方法，只好趁勢緊抓著她的腳不放，讓她也跟著摔了一跤。

「可惡，你這傢伙！」少女被小淳絆倒後顯得怒不可遏，先是一巴掌往小淳打了過去，然後用另一隻手拉起小淳的衣領，再賞了他一拳。只不過小淳非常肯定認定自己沒有打敗墮天使的方法，為了阻止她的行動，也只能忍著疼痛緊緊抓住她，想辦法不要被她再彈飛出去。

「你這小子，你以為你這樣抓著我，你就有辦法救那個人類嗎？你看看他吧！他已經快要失去意識囉！就快要回天乏術啦！」

少女揍了小淳幾拳之後，一面對小淳大喊著，一面露出了壞壞的笑容，而小淳也因為聽了她所說的話，擔心的回過頭去。她當然沒有放過這個可趁之機。

「去死吧！」

「嗚啊啊啊！」

趁著小淳分神之際，她將左手直接貼上了他的胸口，瞬間，小淳只感到胸口一熱，一陣劇痛馬上就竄遍了他的全身。他痛得大叫出來，卻被她一掌彈飛了出去，雖然那陣劇痛同時也消失了，但是小淳也失去了剛才抓住的機會。

「你這個人類！」墮天使少女的怒氣完全沒有因為這陣攻勢而消退，反而看起來更加的憤怒。但這個時候，一個人影從天而降，瞬間擋在小淳與少女的中間。

「原來是妳在搞鬼，朵妮！」

小紫的聲音，振奮了小淳恐懼的心。

「呿！妳這個下等的天使，妳以為妳對付得了我嗎？」但見到小紫，墮天使朵妮的表情依然扭曲。憤怒的她舉起雙手，雖然看不到，但小淳感受到一股巨大的力量，正在她的雙手中間凝聚了起來。

「小心！」

「你別擔心，專心去引導那個人類！」

小紫回頭露出了一抹微笑，然後將雙手張開，擋在小淳與朵妮之間。下一瞬間，一股強大的力量從朵妮的方向釋放過來，小淳本來以為自己跟小紫會受到攻擊，想不到那股力量在小紫的面前就被彈開，往四面八方散去，聲音大得讓小淳的耳朵隱隱作痛。

「快專心引導那個人類，朵妮由我來擋！」

小紫頭也不回的大喊著，小淳見此，也只好趕緊蹲下去檢查教授的狀況。

教授的狀況比剛才倒下去的時候還要糟糕，雖然剛才小淳與朵妮的搏鬥完全沒有影響到他，但是他的情況也已經不能再糟了，幾乎已經快要失去意識。

「大叔，你要堅持下去，快起來，小屋就快到了！」再看了一眼小紫的背影，小淳一面覺得自己的耳朵被朵妮釋放力量的聲音震得快要聾了，卻又不知道該怎麼幫助小紫，也不知道該怎樣讓教授再站起來。

「小淳，快幫助那個人類！」小紫的聲音再次傳來，但是這一次，小淳聽出了小紫似乎正承受著巨大的壓力。從耳朵旁的聲音聽來，朵妮的攻勢絲毫沒有減弱，所以自己的動作得快點才行。

「大叔！大叔！」小淳將自己的雙手，輕輕搭在教授的雙肩上，「你一定可以的。」

小淳心中明白，大叔並看不見自己，也聽不見自己，但是他相信，如果這個任務、這個天使的任務就是要拯救這位教授，那麼這一定不是一件不可能做到的事情。

這時，小淳發現教授本來快要失去的意識，有逐漸清晰的徵兆。

「上帝啊……請幫助我……」

隨著教授的這句話，小淳突然一瞬間感受到一股巨大的力量充滿了自己，他身後小紫與朵妮對峙的方向，也傳來了巨大的爆破聲。小淳回頭，發現朵妮的攻勢已經停下，小紫雙手張開，站在原來的地方，但朵妮卻蹲到了地上。

「混帳……」

「只要在絕望中依然呼求主，任何人都能勝過你們這些與主為敵的傢伙！」面露笑意的小紫對朵妮大喊著，「所以繼續呼求吧！主會幫助我們，給予我們力量！」

「沒錯，繼續祈禱吧！大叔。」這一幕，讓小淳感受到無比的希望，趕緊再度將雙手搭上教授的肩膀，繼續幫他加油著。

「你一定可以的，因為天使已經來幫助你了。」

†

『我倒在地上，已經沒有力氣，我本來差一點就要放棄了，沒想到我跟上帝禱告，身體裡竟然慢慢的湧出了力量……』

小淳同兩個天使一起坐在餐桌前，電視開著，正播放教授獲救後接受採訪的內容。小淳看著電視中教授恢復活力的那張臉，還是覺得很不可思議。

「你很能幹嘛！第一次就能做得那麼好，還能從朵妮手中逃過一劫。」小紫對小淳露出笑容，完全沒有看向電視的方向，一邊優雅的吃著瑪那。

「對呀對呀！想不到朵妮會出現，真的是好危險呢！」小桃大口大口的塞著瑪那，也開心的對小淳稱讚著，讓小淳一時之間不知道該怎麼回應才好。

不過，這第一次的任務，讓小淳的心裡又多了無數的問號。

「那個……所以我說那個朵妮，真的是墮天使嗎？」對此深感疑惑的小淳，感覺今晚瑪那的味道，似乎沒有昨天那麼香醇。

「像朵妮那樣的存在，被我們叫做邪靈。但他們的確是墮落的天使沒錯，也就是因為個人的意志，捨棄主的道路的天使。」小紫再裝了一塊瑪那到自己的盤子中，用刀子優雅的切了開來。

「天使跟天使，本來是沒辦法互相作戰的，所以即使是有天使墮落成為邪靈，我們天使如果沒有主的旨意，也是無法主動攻擊邪靈的。但就像剛才那樣，因為有主與我們同在，我們本身就能夠抵擋邪靈的攻擊，只不過如果能像剛才那樣，有主賜下的恩惠，我們就能夠讓邪靈失去力量。」

「所以小紫妳才會用身體來阻擋朵妮的攻擊？」

「沒錯，因為她本來就不容易傷到我。可是你不一樣，因為你生前並不信主，你現在也不是真正的天使，所以跟我們比起來，沒有主的同在的你，是相當危險的。」

「所以我才會因為她的法術一直被丟來丟去嗎？」

小淳聽到這裡，冷汗都流了下來。

「也不算是什麼法術，就只是單純的釋放力量罷了。那種事情天使也是做得到的。」

「那個朵妮……她說人類背叛了上帝……」

「欸，你真的沒有看過聖經，對吧？」

「唔……」對於這點，小淳絲毫沒有反駁的方法。

「唉……」小紫大大的嘆了口氣，「人類在歷史上，確實是無數次背叛了上帝。雖然主的慈愛與憐憫是無限的，但是有一部分的天使無法忍受人類如此的行為，所以他們選擇背叛了主的旨意，要將人類全都帶往地獄。而且他們都認為自己是為了對的事情犧牲，所以都有著身為邪靈的傲慢。」

小淳聽著小紫的說法，總算是稍微了解了雙方的立場。

「所以，關於人類的事情，她並沒有騙我？」

「這個部份倒是沒有。不過為了要讓你放棄，她一定欺騙了你。她是否說過那名登山客一定辦不到，他一定撐不下去？」

「對。」

「可是，他還是撐下來了。邪靈為了要達成目的，尤其是為了讓人類選擇放棄或墮落，最喜歡用的戲碼就是欺騙。而天使則不需要欺騙，因為無論你怎麼選擇，都在主的計畫之中。」

小紫笑了笑，然後再吃了一小塊瑪那。

「不過小紫，妳說主賜下的恩惠能讓邪靈失去力量，是什麼意思？」

「意思是說，那時候那個登山客不是因為你的引導而向主禱告嗎？只要人們向主禱告，我們天使就能擁有讓邪靈失去能量的力量。這樣說會不會太複雜？」

說到這裡，小紫瞥了小淳一眼，彷彿覺得他很笨一樣。

「呃……是不會。不過，妳們說他們叫做邪靈，是墮落的天使。那麼惡魔呢？惡魔存在嗎？」

「正確的稱呼應該是魔鬼才對。這個世界是上帝所創造，極致平衡完美的世界，然而就像有白天就一定有夜晚一樣，有善就一定有惡、有好就一定有壞，所以當主的至善至美成立之後，最糟最差同樣也被創造出來。那就是魔鬼們，是與上帝完全相反的存在。」

「咦?可是上帝全知全能，應該可以將魔鬼給毀滅的吧?」聽了小紫的說明，小淳提出了他過去以來，一直在這個信仰上最大的疑問。

「我問你，如果這世界上一切都是美善的，以一個人類的立場，感覺得出這世界是多麼地美好嗎?」

「咦?這是什麼意思?」

小紫再度瞥了小淳一眼，似乎是真的覺得他很笨。這時，小桃搶答到:「就是因為世界上有壞人，大家才會覺得好人很好很棒呀!所以就是因為世界上有魔鬼這種壞東西，大家才會知道上帝是多麼地好，不是嗎?」

「原……原來是這個意思啊……」聽著兩人的解釋，小淳覺得自己總算是稍微理解了這些什麼上帝呀天使呀、魔鬼呀邪靈呀之類的東西。想想也怪自己以前明明常跟著父母去教會禮拜，但是卻對這些事情是什麼都不知道，才會有那麼多的疑問。

解惑之後，小淳突然又覺得瑪那的味道變得好了起來。香醇的口感與變化萬千的口味讓他突然覺得自己很餓，所以逐漸加快了餐具的動作，也就少了交談的聲音。

當晚，小淳很快就睡著了，本來他以為自己會思考著第一次任務的情景，以及與朵妮的遭遇而睡不著，但一回神過來，馬上就來到了隔天早上。

接下來的日子，小淳又繼續與小紫、小桃一起執行任務，雖然小淳一直擔心是否會再遇上朵妮、或是其他邪靈的干擾，但是日子一天天過去，小淳不但慢慢熟悉了天使的任務，也從天使米多利那兒收下了自己的滑雲風帆，除了有時候任務有些艱鉅之外，日子和平得令人驚訝。

這也讓小淳逐漸忘了與朵妮交手過的那種恐懼感。

「太棒了！計畫完美成功！」

小淳與小桃開心的在半空中擊掌。就在剛才，小淳讓一名在山區發生車禍的機車騎士，以些微之差勾在斷崖處邊緣的樹木枝枒間，讓斷裂的枝幹減緩騎士滾下山坡的速度，才不至於摔得粉身碎骨。

事後，機車騎士在醫院與人們分享著自己摔車時發生的事情，讓聽聞的人都深感不可思議。

「小淳真是厲害，竟然能想到這種方法。」

「你的聰明巧智有時都令我感到驚訝。」小紫也附和著小桃的稱讚，開心的對小淳微笑。

回程的路上，小淳與兩位天使各駕著自己的風帆在雲上恣意的滑翔，和煦地陽光灑落在小淳的身上，那迎面而來的風，讓他感覺到前所未有的成就感與歸屬感。

想想與雙胞胎天使共同生活，也過了有幾個星期的時間，當初不安以及害怕的情緒幾乎已經蕩然無存。而且比起人世間渾渾噩噩的生活，現在出任務的日子，反倒更讓小淳感到更加得充實。

雖然有時候任務也會失敗，會有讓人覺得挫折的時候，但是那依然比不上這一切的美好。

回到住處、用過餐點，當晚，小淳走到花園中感受著這天界的微風，思考著這段時間的改變。

自己既不算死了、卻也不算活著，任何在任務時見到的人事物，在他們身邊的小淳以及天使們都不會被發現，人類如此、動物也如此。這讓小淳覺得自己就像是空氣一樣。

空氣？小淳清楚的感覺到自己深深吸了一口氣，沒錯，自己確實是還有活著的感覺。除了因為現在有的並不是人類的那種身體，而少了一些身體代謝的需求之外，需要呼吸、有著生命的氣息；會肚子餓、會疲倦想睡覺、會覺得緊張而心跳加快。

沒錯，自己真的還活著、真的還存在著。

只是，自己卻不是以往的樣子活著、不是以往的樣子存在著。

「小淳。」這時，小淳身後突然傳來了女孩子的聲音。他回頭看去，本來以為是小桃，沒想到竟然是小紫。兩人的聲音實在太像了。

「可以談談嗎？」小紫走到小淳的身邊，在花園中的椅子上坐了下來。

「呃……當然。」

這幾乎是小紫第一次單獨與小淳互動。一直以來，小紫基本上和小淳的互動並不多，雖然在任務時常常會有小紫需要提醒小淳的地方，小淳若有不懂的事情也一定會問小紫，而且小紫也逐漸會對小淳笑了，但兩人間依然存在著一種說不出的距離感。反倒是小桃則是太像個小孩子，常常粘著小淳、跟小淳打鬧，就像是小淳的妹妹一樣。

這樣突然的發展，讓小淳顯得有些緊張。只不過小紫卻盯著遙遠的月亮，靜靜的不說話。

「呃……」小淳想要打破這尷尬的沉默，但是卻不知道該說些什麼才好。

「你坐下來吧！我有話跟你說。」小紫回頭對小淳微笑，這讓小淳更不知道該怎麼回話才好了。

小淳走到小紫對面的椅子上坐了下來，看著小紫的髮絲在月光下閃耀著。那張漂亮的臉蛋配上美麗的大眼睛，小淳總是覺得，自己時常會不自覺的被她們的外表所吸引。

小淳有時會想，如果不是天使，而是活著的時候遇見她們，自己是不是會喜歡上這對姊妹？如果是人類的話，她們會是幾歲呢？如果一起出去玩的話，小桃肯定會打扮得像是可愛的小公主，而小紫應該會像是上班女郎一樣。

但小紫的聲音，打斷了小淳的幻想。

「我有一個任務，是個死亡任務。」

「欸？」

聽著小紫有些冷漠的聲音，小淳楞了一下。

「那、那是什麼意思？」

「忘了嗎？我是離世的天使，負責引導死亡的生命。我的任務，就被稱為死亡任務。」

小紫冷靜的說著，這才讓小淳會意過來。因為一直以來，三人都執行著拯救生命的任務，小紫好像也一直只是從旁協助，不像小桃會在關鍵時刻給予人們救助或是使用類似治療的力量，他沒有想到，還真的會有關於死亡的任務要執行。

這讓他上次被朵妮襲擊時所感受到的痛苦與恐懼，頓時又湧上心頭。

小淳不由自主的發起抖來，臉色也變得鐵青；他覺得自己開始感覺到寒冷，但同時，一股暖流卻從他的左肩滲透進它的身體。

「別擔心，這次的任務我會先單獨行動。」小紫輕拍著小淳的肩膀，露出淡淡的微笑，「你就幫我好好陪伴小桃執行救援任務，那孩子很認真，但有時就是很容易分心。」

「呃……我跟小桃不一起去不要緊嗎？而且評鑑……」小淳冷靜了下來，感覺小紫似乎是不希望自己接觸死亡任務，所以才勉強要自己一個人去執行。

但是小紫卻搖了搖頭。

「這次的任務準備時間很長，大概需要十天的時間。這段時間，請你先協助

任務五

潛伏的黑影

小桃繼續執行各地的救援任務。等時間到了，你再過來完成任務。這也是評鑑的一部分。」

「十天？要這麼長的時間嗎？」

聽著小紫的話，小淳不敢置信的問到。這段時間以來，小淳已經經歷了許多的任務，最多甚至一天要執行三個以上的任務，時間上的緊迫有時幾乎是分秒必爭，很難想像會有需要那麼長時間準備的任務。難道所謂的死亡任務，跟自己想像的任務是完全不一樣的事情？

「主的慈愛與意念，是我們難以測度的。有時候救贖與悔改就是需要更長的等待，哪怕是再更多的時間，有可能都是不夠的。」

語畢，小紫再一次露出了笑容，然後表情逐漸轉變為嚴肅。

「所以接下來仔細聽好了。從明天開始算起的十天後，即將到中午的時刻，你要去這個地方，想辦法阻止一位十歲的小男孩出門。想盡辦法拖延到他父親回家。」小紫用手輕輕點了小淳的額頭，一個畫面就浮現在小純的腦袋中。

「阻止小男孩出門？這怎麼……」不過小淳因為第一次聽到這種任務內容，一時之間感到非常的疑惑。但小紫卻打斷了他。

「用什麼方法都可以，反正想辦法阻止他出門就對了。我不知道他父親會回到家的確切時間，所以只能靠你想盡辦法了。」

看著嚴肅的小紫，小淳覺得事有蹊蹺，但小紫卻沒有繼續說下去。

「只要不讓他出門就可以了嗎?那如果失敗了……」

「如果沒辦法阻止他出門，那你就跟著他走吧!我到時候會再告訴你怎麼做。」

「只要這樣就好了嗎?」

「只要這樣就好了，你不用擔心我，如果事情不順利，我也會做好準備的。」

小淳沒辦法從小紫臉上看出她真正的想法，但是小淳有注意到小紫表情微妙的變化。那是個欲言又止的表情。本來想說，卻又阻止自己脫口而出的，會是什麼呢?

說到了這裡，小桃的聲音突然出現在小淳的身後。小淳沒有注意到她跑到了身旁，所以被嚇了一大跳。

「欸!這一集的天使魔法少女好有意思喔!小淳小淳，睡覺之前再陪我吃點瑪那吧!」小桃說著，也沒注意到小淳被自己嚇到的表情，只是自然的牽起小淳的手，一邊說著，一邊拉著小淳。

「可是，任務……」小淳望向小紫，卻發現小紫搖搖頭，像是要小淳別再說下去。

小桃看著小紫，笑笑的說著：「小桃知道唷，小紫明天要出任務嘛！」

「妳知道？」小淳驚訝的瞪大了眼睛。

「知道呀，小紫是離世的天使，當然是要去執行死亡任務的呀！」小桃繼續說著：「是海邊的動物們唷！」

「動、動物？」小淳疑惑的回頭看了小紫一眼，但小紫只是微笑。

「因為人們有時後會造成大自然的傷害，讓海裡面的動物們死掉，雖然不是人，可是主依然很愛牠們，所以小紫每過一段時間就要去讓這些動物們的靈魂安息，是很辛苦的任務。」小桃邊說，眼淚已經在眼眶打轉，「動物們也很可憐，所以是很需要小紫幫助的呦！」

小桃一邊說著，不小心就哭了出來，小淳看小桃哭了，一時之間也不知道該如何是好。這時，小紫快步追了上來，輕輕的摟住了小桃，輕聲的安慰著：「小桃別難過，牠們會回到主的懷抱的。」

結果那天晚上，為了安慰小桃，小淳又陪著小桃大吃了一頓。關於小紫任務的事情，三人都沒有再提。

†

雨水打在黑暗的森林裡面，拖著身體的少女身影慢慢隱沒到陰影處，身後卻傳來一陣揶揄般的笑聲。

「呵！失敗了嗎，朵妮？」隨著話語，火光從四面八方綻放開來，森林的場景頓時消失，轉變為一個寬闊的洞穴。一個有著傲人身材的女性坐在角落的桌前，一面品嚐著桌上大塊的鮮肉，一面啜飲著身旁已倒下無數空瓶的美酒。

「莫妮，妳這傢伙是想嘲笑我嗎？」嬌小的朵妮憤怒得露出了猙獰的表情，但莫妮卻只是揮了揮手，又再拿起一塊肉塊往嘴巴裡塞，發出了『滋嚕滋嚕』的聲音。

「嘿，我才沒那個閒情逸致嘲笑妳。我不是早就跟妳說過，有些人來硬的根本不行嗎？妳總是用那種方法讓別人痛苦而屈服，這樣只會讓頑強的人更頑強而已喔。」莫妮將鮮美的肉塊吃完，把骨頭隨意丟棄在地上，嘴巴就著瓶子喝了半瓶酒，才轉頭看向朵妮。

「妳的那套我學不來。太花時間了，我沒那個耐性。」朵妮看著莫妮，惡狠狠的瞪了一眼，就走到她的身旁，跌坐到另一張椅子上，伸手拿了一塊肉粗魯的吃了起來。

「雖然比較花時間，但是看著人們願意自甘墮落，最後選擇這條享受生命的道路，就讓我忍不住覺得身為墮天使真是太幸福了呢！」莫妮說著，再喝了一口酒，一邊舔著自己的嘴唇，露出了燦爛的笑容。

「所以你要小心喔！天使評鑑生。嘻嘻嘻！」

任務六

危險的天堂

夜晚的月光射進窗戶，照在小淳的臉上。他揉了揉眼睛，撐起身子坐了起來，突然聽到一陣輕柔的歌聲從窗外飄進自己的房中。

但他看向窗外，發現小紫獨自在小花園內。這個時間，不是該睡了嗎？

小淳爬了起床，輕聲的走到花園裡。小紫似乎沒有注意到，仍然背對著小淳。

「還沒休息嗎？」小淳問著。

小紫轉過身，望著小淳。

她的臉上，掛著一張極度憂傷的神情。小淳從來沒有想過，他會從天使的臉上看到這種表情。

「想起了一些往事，睡不安穩，所以來花園散散心。」小紫說完，蹲下身看著了一朵花後說：「我很喜歡這個小花園，雖然所有的花都是潔白無瑕的顏色，但它們卻好像能夠傾聽我的煩惱一樣，可以讓我暫時不再想起痛苦的回憶。」

「回憶？呃……我記得……」聽著小紫的話，小淳想起了許久之前，在聽了米多利對天使的解釋後，心中湧生出的那對小紫與小桃的疑問。

「你是想問，我跟小桃，是不是從人類變成的天使，是嗎？」

「呃……對。而且，妳們應該是真正的雙胞胎吧？」

聽著小淳的疑問，小紫輕輕的點了點頭。

「是的，我們是從人變成的天使，而且也是真正的雙胞胎。」小紫輕輕撫摸著花朵，眼神中流露出一絲的悲傷，「人跟天使，本來不是相同的存在，所以人變成天使這種事情，一般來說只是世人對天使的誤解。只不過，還是有極少數像我跟小桃這樣的天使，因為在世的時候發生了某些事情，死掉後得蒙主的恩寵變成天使。一方面是贖罪，一方面也是救贖我們。」

「贖罪……」小淳清楚的聽到這個詞彙，但很難想像雙胞胎天使會跟罪扯上關係。

「小桃……她完全不記得自己生前的事情，不過這樣也好，至少她不必帶著對自己過去那一輩子的痛苦回憶來擔任續命天使，這應該也是主的恩惠吧！不然實在是太殘忍了，要是我，一定做不到的……」

月光灑在兩人的臉上，小淳看著小紫憂傷的神情，實在開不了口詢問過去到底發生了什麼事。那是否會再一次刺傷小紫的心?他不知道。也因為不知道，他只好將疑問往肚子裡吞。

「所以那個……任務的內容，應該不是海邊的動物吧?」小淳想了想，只好轉移了話題。但小紫先是沉默了一會兒，才緩緩的開口說到。

「……是熊先生。」

小淳沒想到會從小紫口中聽到『熊先生』這種帶了點可愛的稱呼，一時之間反應不過來。但小紫的神情依然沉重，這讓小淳深知這件任務絕對不是自己想像的那樣。

「是一位自稱熊先生，拐騙孩童的變態殺人魔。從三歲到十三歲的孩子們，被穿著布偶裝以及有著和藹態度的他所欺騙，慘遭虐待和監禁。」

小淳一聽，突然覺得毛骨聳然，有些氣憤的說：「這樣的人真該死，為什麼還讓他胡作非為?」小淳想到目標是這種人，恨不得小紫快點下手。但突然想到小紫是離世的天使，又頓時啞口無語。

「該不會……」他想到小紫的身分，突然驚覺小紫這次是否不是去帶走那位『熊先生』的靈魂，但小紫搖了搖頭，好像早已猜中了小淳的想法。

「不，這次真的是熊先生最後一次的犯案了。他即將死去，但這次可能會帶著六個孩子陪葬。」

「六個……」聽到了這個數目，小淳冷汗都流了下來。

「所以你千萬要記得，一定要阻止小男孩出門。」小紫回過頭來，露出了嚴厲的表情。

這一幕深深地印在小淳的腦海之中。

†

小淳倏地睜開雙眼，發現已經日正當空，也不知道現在是什麼時候了。

他急忙的衝下樓，發現只有小桃一個人在餐桌前，不見小紫的蹤影。

「小淳，趕快來吃早餐，等一下要出任務了！」小桃開心的將一大堆瑪那塞進口中，小淳差點聽不出她說了些什麼。

「那麼緊急嗎？」看著急急忙忙的小桃，小淳趕緊來到餐桌前，快速的做了飯前禱告，然後裝了一大堆的瑪那到自己的盤子裡。

「也不是緊急，不過今天任務很多呦！」小桃吞下一口瑪那，開心的笑著，然後馬上就再塞了一塊瑪那到自己的嘴巴裡面。

飯後，小淳與小桃駕著風帆平行的滑翔著。小淳已經非常習慣這種空中高速的飛行，一開始對雙胞胎天使能在飛行中恣意交談的訝異，現在對他來說也已經變成習以為常的事情。

「第一站是要治療一個孩子，雖然不是很緊急，但是為了接下來的任務都很順利，我們還是要快一點呦！」

小淳跟著小桃進入了大都市中，將風帆停在大樓十一樓的高度，從窗戶進到室內。這是一個三人的病房，不過現在裡面只有一個看起來約略六、七歲的小女孩，躺在靠窗邊的位置上，面色安祥的睡著。

「這個孩子很棒呦！雖然生病的治療過程很辛苦，但是她聽了牧師的話，每天就算不舒服也誠心的禱告，而且從來都不曾向主抱怨。」小桃一邊說著，一邊走到了床邊。「所以主要讓奇蹟發生在她的身上，讓她成為身邊的人的好見證呦！」

小桃摸著小女孩的額頭，她原本顯得有些蒼白的臉，便漸漸出現了蘋果般的紅潤。小女孩慢慢的張開雙眼，看著她本來應該看不見的小桃，露出了笑容。

「天使！是天使！」

發現小女孩看得見小桃，小淳一臉訝異的看向小桃，霎時之間不知道該說什麼才好。但小桃只是微笑著，一邊摸著她的頭，一邊對她說：「願上帝的祝福與醫治與妳同在。」

瞬間一道閃光，小淳嚇得趕緊閉起雙眼，但光芒很快就消失了，小桃也不再摸著小女孩的頭。

女孩左右張望，好像也看不見依然站在她面前的小桃了，只是她面露笑容，氣色似乎又比剛才更好了。

「這是怎麼回事？」小淳好奇的問著。

「只要擁有如嬰孩般純潔的心靈，又有著堅定的信心與信仰，就可以看得見天使的呦！」小桃笑著，伸手催促小淳回到風帆上。「快點，我們要去下一個任務了。」

「所以她看不見我嗎？」

「因為小淳不是天使，是『天使評鑑生』嘛！」

兩人笑著聊著，搭上了各自的滑雲風帆，再度往另一個方向前進。

接著，小淳與小桃在鄉下的一個小鎮裡幫助了一隻老狗救了小主人，然後再前往一個漁村解救了落海的漁民，不知不覺的，時間逐漸逼近黃昏。

下一個任務是回到都市中，用暗示的方式提醒一個老爺爺心臟病的藥放在哪裡。這個任務已經執行了很多次了，因為老爺爺記性不好，所以時常會忘記。但是也因為老爺爺的家人時常會幫老爺爺禱告，所以小淳他們常常要幫助老爺爺找到藥在哪裡。

這時，一張傳單從遠處飛來，直接打在了小桃的臉上。她似乎也被嚇了一大跳，於是緊急的停下了風帆，跟在後頭的小淳也趕緊停了下來，還差點就撞了上去。

「小桃，沒事吧？」小淳本來想罵小桃不夠小心，但想想她也是迫不得已，只是在空中急煞車實在太危險了，小淳還沒體會過從不知道多高的半空中摔落地面的感覺，但他也不想體會。

不過，小桃手卻中拿著傳單、身體正微微發抖著，看起來似乎不太妙的樣子。到底是怎麼回事？

「不妙，真是太不妙了！」小桃突然的轉過頭來大喊著，並將手中的傳單推到小淳的面前。

「這真是太糟糕了啦！小淳你看，是《天使小魔女》的現場活動耶！上面寫著今晚在小巨蛋將會有聯合主題曲演唱會，前一百名粉絲可以獲得特製限量棉衫以及主角配音員的現場簽名照一張呦！」

小桃興奮的在風帆上蹦蹦跳跳、興奮的大喊了起來。不過小淳以前從來沒有特別迷過什麼卡通或是偶像，所以他不太明白小桃如此興奮的理由。

「呃……這很難得嗎？」

「當然啊！雖然小桃是天使不能拿週邊商品，可是有演唱會實在是太棒了！如果可以去看……」講到這裡，小桃突然低下頭來。「糟糕，可是還有任務。但是如果今天的演唱會沒看到……上面寫只有一天耶！」小桃愈說愈小聲，表情似乎顯得有點失望。

小淳看小桃失望的表情，總覺得有點好笑，又有點不捨。想想接下來的任務，畢竟只是要提醒老爺爺藥的位置，自己一個人也可以輕鬆完成。更何況這個任務之前早就做過很多次，該怎麼做自己也都很清楚了，應該不用小桃一起行動也沒關係才對。

「真拿妳沒辦法。」小淳輕嘆了口氣，「那妳就去演唱會吧！任務交給我就行了。」

「咦？真的嗎？」

小桃聽了小淳的話，開心的跳了起來，剛才眼中的失望一瞬間就消失無蹤了。

「可是小淳，任務沒有問題嗎？」

「別擔心，老爺爺那裡我們去過好幾次了對吧！我早就知道怎麼做了。小桃妳就放心的去參加演唱會吧！回來我們再一起吃瑪那。」

小淳拍拍自己的胸脯，挺起胸膛露出了自信的表情。小桃看小淳自信滿滿，開心的笑了，很快的抱了小淳一下，就拉起了風帆轉向另外一個方向。

「謝謝你，小淳！」她揮了揮手，再次露出了開心的笑容。「那任務就麻煩你了呦！」

小淳看著小桃往與任務完全不同的方向飛去，一下子就消失在了視線之外，不禁感到有些好笑。但他想想，難得有這樣的機會，或許偶而自己出任務也無妨。等一下的回程因為沒有小桃同行，自己也可以飛得慢一點，好好欣賞沿途的風景。

於是小淳拉起自己的風帆，繼續朝向目的地前進。

幫助老爺爺找到藥，對現在的小淳來說已經是非常簡單的任務。身為『天使評鑑生』，小淳早就對如何用自己的話語幫助人們感到相當熟練了。

他很快的就完成了任務，往那每天都會來回飛行的雲層飛上去。只不過今天，飛行中的小淳突然有種奇妙的感覺，總覺得自己身邊的雲朵不是平常潔白的顏色，而是帶著淡淡的粉紅色。

小淳在半空中停了下來，回頭望去，只見太陽早在不知道多久之前就已經隱沒在雲海裡，四周潔白的雲也早就被夜空染成了幽幽的藍色，剛剛的粉紅色雲朵，似乎是夕陽餘暉的最後一絲光彩。

「真特別的感覺，今天一天的體驗都跟往常不太一樣呢！」

小淳想了想，不禁笑了出來。他再掉頭回來，往天使的住處飛去，一路上他的心情都很好，因為今天一天不但任務順利，自己也讓小桃完成了去看演唱會的心願。現在的小桃，應該正在會場裡跟大家開心的唱唱跳跳吧！

這麼想著，他就覺得相當的放心，同時也希望小桃能玩得開心，便獨自回到了住處。

想不到他一如往常的打開了門，眼前的場景卻跟以往截然不同。

大廳裡不再是單一的純白擺設，傢俱全部被換成了人類世界也難得一見的高級品，電視變成了超大的八十吋，四周還放了環繞立體音響以及各種電視遊樂器主機。

小淳急忙轉頭往餐桌看去，發現不但連餐桌椅都換成高級的原木製品，桌上還放了滿桌豐富又豪華的菜餚。除了有各種各樣的肉類料理外，還有很多看起來很高級的海鮮料理。

「歡迎回來！你就是評鑑生小淳吧？」

隨著甜美的聲音，一個身材高挑、有著一頭鮮艷桃紅色長捲髮的女人走到了小淳的身旁。她的長相非常的美豔動人，乍看之下似乎還化了妝，深紅色的雙眼帶了點誘惑的氣息。他從來沒有見過這樣的天使。

「呃……請問……」小淳錯愕得一時之間不知道該說什麼才好，他完全不知道為什麼他們住的地方會變成如此豪華。但小淳的問句卻被女人熱情的擁抱給打斷。

「你好，我是來支援的天使，是掌管情緒和美麗的天使莫妮。」莫妮張開漂亮的白色羽毛翅膀，發出微微的淡黃色光芒，笑容十分甜美。

「咦？來支援是什麼意思？」小淳雖然被抱得有些不好意思，但他只想先搞清楚現在是什麼狀況。

「小紫不是出差去了嗎？所以就讓我來支援你們囉！也要順便來給你這個評鑑生打分數呀！」莫妮對著小淳綻開親切的笑容，「不過你很優秀，我很高興呢！」

「真的嗎？哈哈……」小淳聽了莫妮的稱讚，感到又開心又害羞，但突然又想起了小桃，馬上問起，「那小桃呢？」

不過莫妮只是淡淡的微笑著，拿出了一個平版電腦，一邊按下了開關一邊說著：「你放心。看，小桃正開心的參加演唱會呢！」

小淳看著亮起的銀幕，上頭出現了小桃開心的特寫。演唱會人潮爆滿，看得出來現場氣氛十分的熱鬧。

「看起來真開心。」小淳看著小桃的笑容，也忍不住露出了微笑，「不過，妳竟然有人類使用的平版電腦，太厲害了！」

「這只是模擬人類的工具而已呦。好了好了，我們別說了，趕快來享用大餐吧！」

莫妮放開了小淳，將他帶到了餐桌前。小淳盯著這一桌的佳餚，口水都快要留下來了。

「可……可以吃嗎？」小淳看著整桌豐盛的美食，差點看傻了眼。仔細一瞧，那桌上許許多多的食物，幾乎有一半以上他從來沒有吃過，而且從來到天使界後，每天的食物都是瑪那，飲品也只有從水龍頭裡扭出來的泉水。雖然美味，但確實是太一成不變了。

「當然可以吃嘍！」莫妮拉開椅子，並引導小淳坐了下來，一邊說著：「快點吃吧！這些是獎勵你這段時間的辛苦喔！」

等到小淳坐定後，莫妮也坐了下來，用叉子插起一塊看起來很美味的牛排肉，在小淳面前搖晃著。

「來，張開嘴巴，啊——」莫妮開心的笑著。在莫妮這樣的吸引下，小淳實在是忍不住了。

「嗯！」小淳開心的將牛排含進口中，隨著咀嚼，肉塊在嘴中噴出了肉汁，一股美味又幸福的感覺頓時充滿了小淳內心。

「哇！真的好好吃哦！」小淳開口大聲的讚嘆著，忍不住自己伸手再插了一塊。

「真的嗎？那真是太好了，要多吃一點唷！」莫妮開心的拿著大盤大盤的美味料理放在小淳面前。從莫妮開心的笑容中，小淳感到前所未有的幸福感。

任務六
危險的天堂

小淳和莫妮開心的吃完大餐後，還有不少冰淇淋和甜點之類的東西憑空就出現在餐桌上。或許是太久沒吃到這種大餐，也或許是莫妮親切又開朗的態度，讓小淳感到非常的輕鬆愉快，總覺得這才像是真正的天堂一樣。

飯後，小淳被莫妮帶到大廳中，那八十吋的大銀幕近距離看起來顯得非常的驚人。

「這太誇張了吧！」小淳看著這些豪華的配備，也不知道為什麼，突然覺得自己有點興奮。莫妮拿起遙控器將銀幕打開，並且伸手按下電視遊樂器的開關，露出了有點壞壞的笑容，「我呀，平常最喜歡看電影還有玩各種遊戲了！沒有任務的時候就應該好好享受，你說是吧？」

小淳一看，發現電視旁邊放了一個櫃子，裡面放著數不清的遊戲光碟以及電影光碟。小淳走過去仔細一看，目瞪口呆的指了指，張著嘴巴說不出話來。

「如何，一起來玩最新款的遊戲吧？」

莫妮一邊說著，充滿魄力的高級喇叭同時開始鼓動，頂級的聲光享受讓小淳跟著興奮了起來。

「那當然，我也要一起玩！」他連忙往沙發上坐下，一邊移動屁股找了個好位置。而看著興奮的小淳背影，莫妮露出了和之前截然不同的微笑，自己也拿起了遊戲機的控制器，兩人就這樣開心的玩起遊戲來了。

也不知道過了多久，小淳覺得空氣中瀰漫著一股甜甜的香味，像是水果的香氣。這個香味讓小淳覺得精力旺盛，心情也很愉快，同時又有種很放鬆的感覺。這讓他絲毫不覺得累，就像永遠都玩不夠一樣，他享受著放鬆而且解放的感覺。

如果餓了累了，莫妮就會拿來豪華的餐點以及各種提神又好喝的飲料。餐點都非常的好吃，而且每次吃下東西後，又馬上能變得精力旺盛。

這樣的生活過了一段時間。一開始，小淳還會問任務之類的問題，但是莫妮都會說任務暫時由小桃和其他天使處理即可，小淳應該好好放假一陣子。聽了兩三次都是同樣的回答後，小淳索性全神貫注的玩了起來。

各種宛如身歷其境般的遊戲、好吃又提神的餐點，讓小淳高興的享受著。玩到累了就直接躺在沙發上呼呼大睡，醒了就像要把精神搾乾似的玩。

就這樣子又過了一段時間，小淳玩到天昏地暗，壓根兒忘了天使評鑑的事情。

不過那天，吃完豐盛的餐點，小淳正想繼續玩時，莫妮卻走了過來，笑嘻嘻的望著小淳，並且把電視遊樂器以及銀幕給關掉了。

「怎麼了嗎？」小淳好奇的問著。

「嗯哼，也沒有什麼。」莫妮微笑著說，「其實，時間也差不多了，我應該要回去了。真可惜，我不能再繼續陪你渡假了。」

「咦？怎麼突然要回去了呢？」

一聽到要和莫妮分別，讓小淳覺得一陣有強烈的空虛與失望湧上心頭。這些和莫妮在一起的日子才像是天堂啊！那令人驚豔的美食、香甜可口的飲料、以及各種有意思的遊戲與聲光享受，可以說是每分每秒都讓人難以忘懷。想到又要回到評鑑的生活，吃著一成不變的瑪那，還要東奔西跑的執行任務，怎麼想都覺得不太願意。

而莫妮則是好像能瞭解小淳的想法一樣，瞇起那雙大大的眼睛，輕柔的靠在小淳的肩膀上，「其實，也是有方法讓你繼續跟著我渡假的唷。」她露出了甜美的微笑，「只要你現在放棄評鑑生的資格，我就可以帶你去我的樂園好好的渡假呦！」

莫妮一邊說著，就好像她的話語有魔力一樣，小淳彷彿能直接看到莫妮說的樂園。那是一座熱帶島嶼的沙灘，艷陽高照卻不刺眼，溫暖的微風徐徐吹來，旁邊開著派對的現場傳來了動感的音樂和歡笑聲，人們的臉上都洋溢著幸福的笑容。

「只要放棄評鑑，就可以跟我走囉！」莫妮微笑著勾著小淳的手，「你還考慮什麼呢？」

「當然，我……」迷濛間，小淳正想答應，腦海中卻突然浮現了小紫的聲音。

『十天後，阻止小男孩！』這個聲音讓小淳停下了動作。

莫妮微笑的著牽起小淳的手說著：「那我們走吧！」但小淳卻搖了搖頭。

「不，我不能去。」

「你在說什麼呢？」莫妮轉過身，溫柔的抱住小淳，在小淳耳邊輕聲的說。

「是在擔心小桃跟小紫嗎？不用擔心，她們是天使，不需要你擔心的。更何況……」莫妮用著更輕柔的聲音，就像在撒嬌一樣的說著，「經過這幾天相處，我發現我好像喜歡上你了呢！」

沒錯，小紫和小桃本來就是天使，根本不需要小淳擔心，更何況這整件事，其實追究起來也是小桃的疏失造成的，所以要不要繼續評鑑，也應該由自己決定才對吧？小淳回想著，總覺得這一切對自己來說根本就不公平。

而且，莫妮不是也是天使嗎？再加上莫妮說喜歡自己，這麼美麗又性感的天使，怎麼有人有辦法拒絕呢？

小淳點點頭，莫妮繞在小淳脖子上的雙臂馬上就鬆了開來，她那大大的眼睛中似乎有眼淚在打轉，一邊說到：「謝謝你，小淳。那我們出發吧！」

莫妮輕彈手指，就像是使用了魔法一樣，在小淳的前方，突然出現了一扇門佇立在客廳的正中央。莫妮伸手將門打開後，小淳馬上就看到了那個剛剛想像中的熱帶島嶼。充滿歡樂和激情的國度。

但小淳腦海中這次出現了小桃的聲音。

『小淳，不要去……』

至少，等評鑑結束後再去吧？

「我……」想到了這裡，小淳再次停下腳步，「我還是先不去好了，我想等評鑑結束再去。」

「等評鑑結束再去？」莫妮臉上的笑容有些僵住，似乎快要失去耐性。「為什麼要等評鑑結束？」

不過小淳並沒有注意到莫妮的表情，自顧自的說著：「因為我已經答應小桃和小紫、還有那個大天使什麼來著了嘛！等評鑑一結束我再過去，這樣我才……」

不過莫妮不等小淳說完就打斷了他：「等評鑑結束，就沒有任何意義了，小淳。」

這時，小淳才注意到莫妮的表情變化。但莫妮繼續說著，「等評鑑結束，你不是成功回去人類的世界，就是永遠得留在天國的大門前等死。只有現在、只有現在才有機會能放棄評鑑，成為一個天使，跟我們永遠在一起。」

「成為一個……天使？」

「是呀！成為一個天使，跟我，還有跟那兩個女孩永遠在一起呀！」聽到小淳的猶豫，莫妮發現遊說有用，趕緊又壓下自己的急躁，開始想要說服小淳。

不過小淳腦中再次閃過了剛才浮現在自己耳中的聲音。那是小紫、還有小桃的聲音。

為什麼，為什麼她們要阻止我？難道小紫跟小桃不希望我成為天使？她們也是因為放棄天使評鑑，所以才變成天使的嗎？

「小淳？」莫妮的聲音，將小淳帶回了現實，但是也不知道為什麼，小淳突然開始覺得自己的肚子很餓，而且口很渴。

「不對。」小淳閉起眼睛，感受著身體的飢餓以及無力，覺得莫妮的說法非常的不對勁。

「不對，不是這樣的。」

「小淳，你在……」

「如果說可以變成天使就好，那麼她們早就會跟我說了。如果可以不需要評鑑，為什麼當初會講得我好像只有兩個選擇而已？所以一定不可能這樣的。」他回想著喬斯汀所說的話。

「那是她們必須隱瞞你呀！是大天使喬斯汀的意思。」莫妮試著解釋。

「為什麼，他們沒必要騙我啊？」

他又想起了小紫所說的『天使不需要說謊』，懷疑的看著莫妮大喊，然而後者也總算是覺得再也不耐煩了。於是她變了表情，那是個冷漠、又帶點無奈的表情。

「唉，本來想說，能讓你在享樂中死去，也算是個好的結局呢！」

於是莫妮一揮手，小淳就整個人飛了起來，重重撞向餐桌，差一點就昏了過去。小淳才覺得奇怪，自己不知道為什麼又餓又渴，被打倒在地後，他就開始覺得手腳不聽使喚，完全使不上力氣了。

「來吧小淳，既然你放棄享樂，那麼，放棄評鑑、或死，選一個吧？」莫妮張開了翅膀，不過這次，翅膀不再是漂亮的白色，而是帶著著深紅的黑色。

「邪……邪靈……」小淳痛苦的在地上掙扎，但是卻絲毫動不了半分。可是聽到了這個稱呼，莫妮一下子表情大變。

「少在那邪靈邪靈的叫，要叫墮天使！」她的手指掌出了長長的爪子，一揮又將小淳給往一旁的牆壁上甩了過去。小淳撞了個頭昏眼花，但是這次他摔到地上的時候，卻覺得有個柔軟的東西接住了他。

「小淳！」那是小桃的聲音，以及……

「評鑑生，你做得很好的呀！」

天使米多利的身影。

任務七
註定的失敗

「小桃……米多利……」小淳倒在地上，不知道為什麼自己完全沒有辦法使出任何力氣。只見小桃跪在自己的身旁，並且將雙手交疊在自己的胸口，一道暖暖的光閃過後，他才感覺到自己逐漸恢復了精神。

「該停止妳那騙人的把戲了呀？」米多利這時瞪大了雙眼，這是小淳第一次覺得他的表情看起來有點兒恐怖。他一揮手，旁邊那些家具擺設等一瞬間全都消失無蹤，只剩下無數點燃燭火的燈臺，所有人也一瞬間就跑到了一個洞窟之中。

「可惡！」莫妮大喊一聲，舉起手猛然一揮，一陣滾滾沙塵便向眾人席捲過來，但卻被米多利輕易地擋下。米多利揮手回擊，捲起的霧褪去了莫妮天使的裝扮，讓她露出了隱藏在偽裝下的緊身黑色皮衣、血淋淋的黑翅膀，頭上也露出了尖銳的彎角。

「莫妮呀！妳覺得憑你的身分，有辦法對付我呀？」米多利抬起頭來，露出了彷彿神聖不可侵犯的高傲神情。他溫柔的雙眼變成了兩條細線，張開的雙翼散發出強烈的金光。

但是莫妮卻絲毫沒有罷手的意思。她將雙手的長爪子插入地面，彷彿要撕裂大地一般的揮動，洞穴中的地面瞬間就破碎四散，再度往小淳等人席捲過來。

眼看攻勢逼近，米多利張開雙手，撲面而來的岩石泥土瞬間就化為塵埃，但在塵埃之後，莫妮的身影已經呈現攻擊的態勢俯衝過來。

「你少來礙事，米多利！」

不過米多利依然只維持著同樣的姿勢，他的前方彷彿有一道屏障，輕易的就擋下了莫妮的攻勢。

「米多利，你是傷害不了我的，因為……」不過莫妮看著米多利的防禦，露出了邪惡的笑容，攻擊絲毫不手軟。她連番出手，在米多利張開的雙手前接二連三地擊打出巨大的聲響，聽得小淳冷汗都流了下來。但米多利的笑容卻絲毫不變，不等莫妮把話說完，就雙手一揮，把莫妮給轟了出去。

「因為？妳以為天使不能攻擊天使的破綻是什麼呀？妳是否忘卻了這個定理對你們邪靈的先決條件是什麼呀？」

被米多利擊退的莫妮半蹲在洞穴的入口，從豔麗的髮絲與嘴角滲出了鮮艷的紅色。

「你這傢伙……」莫妮一臉憤怒，卻遮掩不住心中的疑惑，「你到底做了什麼？」

「只要人們相信，天使就能夠對抗邪靈。」小淳躺在地上，默默的說著，令莫妮露出了訝異的神情。

「妳差不多該住手了呀？幻覺被破解的妳，是沒有勝算的呀！」

「你少自以為是，米多利！你以為我們這幾百幾千年來，都跟以前一樣是嗎？」

憤怒讓莫妮逐漸失去了先前那天使一般的美麗容貌，嘶牙裂嘴的她變得宛如野獸一般，讓小淳不自禁的開始害怕了起來。發現小淳臉色的變化，米多利急忙回頭過來，卻發現另外一個身影出現在洞穴的深處。

「嗨，甜心，別忘了我啊！」

隨著聲音，朵妮的身影突然衝出並且把小淳身旁的小桃一拳打飛了出去，但小淳還來不及驚訝，莫妮緊接著就出現在小淳的面前，並且一腳將米多利給踢開。

「小淳，我們相處了這麼多天，也有感情了吧！好不好，跟我們走吧！在無止無盡的享受中結束你接下來的人生，難道不是很棒嗎？」

她俯下身子，雙手捧著小淳的臉，臉孔又恢復到先前的貌美。

「你也很享受那一段美好的時光，不是嗎？我說要離開的時候，你失望到差點都要哭出來了對不對？好嘛！我們繼續那無止無盡的享受吧！而且，你還有很多從來沒有享受過的美好體驗不是嗎？我可以讓你去到極樂的天堂喔！」

莫妮帶著溫柔而且嬌嗲的聲音，深深的進入小淳的心思之中。這讓小淳覺得非常的混亂，幾乎沒辦法控制自己的思想。

只是，他也清楚的聽到小桃、米多利在一陣混亂的爆炸聲中，大喊著自己名字的聲音。這讓小淳本來既恐懼又困惑的心，稍稍的平靜了下來。

「期望……」

「你說什麼？」莫妮聽到小淳發出的呢喃，露出了困惑的表情。

「其實妳的心中，也還是有對人類的期望吧？」小淳雖然因為痛苦而面容扭曲，但還是硬擠出了笑容。

「什麼！」

「沒有愛，就沒有批評。所以妳們對人類還是有所期待的，不是嗎？」

「你這傢伙！」

被小淳的話與激怒，莫妮再度失去那張美麗的容顏，起身一腳往小淳重踏。想不到這一腳卻被小淳以雙手接下，並且緊緊抓住不放。

「所以我不會輕易的被妳誘惑，因為我要讓妳知道，人類才不是背叛了神而且無可救藥的存在。那只是妳們擅自放棄而已，而且是放棄了的妳們，自己選擇了與上帝不同的道路。背叛的是妳們，不是人類！」

「說得好呀！」

隨著小淳竭盡全力的大吼，一道強光從米多利身上四散開來，籠罩了四周。莫妮為了抵擋強光，大大張開了自己的翅膀，卻被光芒給逐漸逼退。漸漸的，她的身影就消失在小淳的眼前，小淳雙手所緊抓著的力道，也逐漸消失了。

在光芒散去後的空間中，小淳看見朝自己飛奔而來的小桃，以及慢步走向自己的米多利。兩人都帶著溫柔的笑容，他的意識也逐漸的模糊了。

「小淳，你好棒。先好好睡一覺吧！」

「評鑑生，真的要對你刮目相看了呀！」

而遠處只剩下一對漆黑的翅膀逐漸飛離的影子。

†

溫暖的感覺逐漸充滿了小淳的全身，他睜開眼睛，發現自己躺在天使住處的床上，小桃與米多利在自己的身旁，露出溫和的笑容。

「太好了，我還以為你不會醒過來了！」小桃緊緊的抱住小淳，讓他身上那些不知道是怎麼受傷的地方又開始發疼。

「痛痛……」

聽見小淳喊痛的聲音，小桃趕緊把小淳放開，喜極而泣的淚珠還掛在眼角，不過看起來已經不再有絲毫的擔心。小淳慢慢的撐起身體坐了起來，才逐漸感受到自己的呼吸，還有來自身體各處不同的感受。而這些感受大多是疼痛。

只不過明明在失去意識前，小淳都不覺得自己有受到什麼傷害，為什麼醒來之後會全身疼痛，他實在摸不著頭緒。

「你真是命大呀！莫妮的幻術非常強，而且你又在幻覺中好幾天，根本沒有吃瑪那來補充你的力量，你的靈幾乎都要分崩離析了呀！想不到你竟然還能讓莫妮的幻術出現破綻，真是不得不佩服你了呀！」

米多利輕輕的拍了拍小淳的肩膀，露出了大大的微笑。

「這到底是怎麼回事？」小淳疑惑的問道，感覺自己的腦筋一時之間還轉不過來。

「這都要怪小桃。」小桃露出了有點不好意思的表情說道，「那天的傳單，小淳記得嗎？」

「記得啊！《天使小魔女》的演唱會對吧？」小淳回想著幾天前與小桃分別的場景。

「那個是假的，我們被騙了。那個傳單就是莫妮的幻術，一方面騙了我有演唱會，然後讓小淳被吸引到其他的地方。不過好像因為小桃不是莫妮的目標，所以演唱會開始沒多久之後，小桃那邊的幻覺就消失了。真令人失望……」

小桃說著，眼睛逐漸垂了下來，一副很失望的表情，結果被米多利狠狠的捶了一下頭。

「好痛……」

「因為小桃太大意了，所以我們就失去你的訊息了呀！要不是最後你激怒了莫妮，我們也沒辦法發現你的呀！」米多利無視了小桃的哀號，再往小桃頭上敲了一下。

「那個……」小淳看著小桃眼淚汪汪的表情，不知道該笑還是該同情她。於是他轉頭望向米多利。

「莫妮……」他心中又有了許多的疑問，但卻不知道該如何問起。

「對，她是邪靈。是個以看著人們墮落而自我滅亡為樂的邪靈的呀！比起妳們先前遇到的朵妮，這個傢伙更是難纏的呀！」米多利逐漸收起笑容，嚴肅的說著，「她以前也是個愛人的天使，但是就是因為太愛人類了呀，所以才會因為人類的背叛而感到絕望的呀。」

「是這樣嗎？」小淳低下頭，回想著與莫妮生活時的時光，心裡不禁覺得一絲苦澀。

「莫妮的幻術跟話語是非常厲害的呀，所以當你對她的樣貌感到恐懼的時候，她的力量就會變得更強的呀！後來出現的那個朵妮，也是因為你對她樣貌的恐懼而讓她再度使用幻覺而產生的呀！」

「所以那不是真的朵妮？」小淳非常訝異，一個幻覺竟然能攻擊到天使們。

「沒錯的呀！所以面對邪靈，你需要有更多的信心呀，如果因為沒信心而害怕，就別忘了向主禱告的呀！」米多利再次露出笑容，似乎是對小淳的肯定。

任務七

註定的失敗

「從你失蹤到今天也有九天了，你真的需要好好休息。」小桃將小淳的被子拉了起來，想幫小淳蓋上。但是小淳聽了她的話卻倏地一驚，嚇了小桃跟米多利一跳。

「失蹤九天？所以已經第十天了嗎？」小淳想到自己與小紫的約定，「現在幾點了？我跟小紫約好中午前要出任務的！」

「唉呀你這傻蛋！已經中午了呀！」米多利整個人跳了起來，也不顧小淳全身上下還疼著，一把就將小淳從床上拉起，急急忙忙推向門外。「這個任務很重要的呀！你別走過去了，直接從門口起飛吧！得趕快前往任務地點的呀！」

被米多利催促著的小淳，心中也緊張得不得了。想起小紫離行前的交待、『熊先生』的惡行等等，才剛從被莫妮襲擊的餘悸中安心下來的小淳，馬上又繃緊了神經。

「快呀！要來不及了呀！」

「我知道了，知道了！」

在米多利的催促下，小淳感到更加的緊張，踏出了小屋後，他連忙召喚出自己的風帆，迅速的飛了出去，也沒來得急跟身後的兩位天使道別。很快的，身後的天使住處就只剩下小小的影子，米多利跟小桃的身影也隱沒在朵朵的雲海中了。

「希望能趕上……」

小淳咬緊下唇，獨自在狂風中呢喃著。

✝

小淳沒能來得及阻止小男孩的外出……

若是能順利阻止小男孩外出，熊先生就沒辦法按照原先的計畫湊滿六位兒童獻祭再自殺。因為只有五位孩童，他的計畫會被迫延後，最後導致被警方緊急查獲，五位孩童也將順利獲救而回到父母身邊。

但現在，六位無辜的孩童都已經被綁在小木屋中央的一根大柱子上，無力的等待著熊先生的發落。

熊先生一邊吹著口哨，一邊將汽油淋在地上，而這些汽油也流到了柱子下方。

「各位小朋友，不要哭喪著臉嘛！」熊先生看著六位表情驚恐的孩子，露出了和藹的笑容，「只會痛一下下，很快的我們就可以在地獄見面了哦！怕痛的舉手！」

熊先生滑稽的舉起沒拿汽油桶的那隻手，露出了搞怪的表情。被綁住的孩童連嘴巴都被塞了毛巾，只能無助的瞪大眼睛流著眼淚。

「嘻嘻嘻！都是乖孩子哦！」

熊先生一邊笑著一邊哼起了歌來，將汽油一罐一罐的倒滿小木屋的地板。

自稱熊先生的中年肥胖男子從小就是孤兒，同時也受盡虐待，因為心理的不平衡，他自小就以各種壞事來反抗，最後迷上了虐待弱小生命的快感。在一次瞭解到某種惡魔信仰後，深信只要獻上兒童的生命，就可以在地獄獲得重生。

這個骯髒的世界，比地獄還有過之而無不及！他要用他的雙手燒掉這六個兒童，淨化這個世界！

越想越激動，熊先生將最後一罐汽油往身上倒，發出噁心的笑聲！

「嘿嘿嘿嘿！很快我們就能獲得真正的自由了喔！」熊先生高舉雙手大喊著：

「自由！」

隨著高音頻的尖叫，熊先生駭人的回音迴盪在這孤寂的山中木屋中，孩童們只能驚恐的望著熊先生，無助的留著恐懼的淚水。

「該來點火柴嘍！」熊先生拿出火柴盒取出一根火柴，臉上興奮的表情就像是向聖誕老人要到禮物的孩子一樣開心，雙手也因為開心而興奮到發抖著。

突然，熊先生的手一滑，失手讓火柴飛了出去。為了抓住火柴，他腳踩到地上的汽油，肥胖的身軀往後方重重倒下，撞到旁邊的桌子發出了巨大的聲響，瞬間就昏厥過去。這時，小紫從暗處走出，放下對著熊先生舉起的右手，大大的嘆了口氣。

這也是逼不得已才動的手，連她也不知道這算不算是違反天使執行任務的規則。但是她知道，自己並不能將這些孩子給鬆綁，因為這並不是任務的內容。

離世天使該做的，就是將死去人們的靈魂引導到沉睡裡面，其他的一切，對離世天使來說都是多餘。

該說是因為與『天使評鑑生』小淳一起執行任務太久的關係嗎？小紫在心中暗自咒罵著自己太過天真，明明只要執行離世的任務就好，人類世界的黑暗面，自己根本沒有權力、也沒有義務要去管他。但她的心中卻生出了一絲苦楚。

難道真的要放任這些孩子死去嗎？難道真的要讓這惡人為非作歹，自己卻什麼都不做嗎？

小淳為何還不來？如果小淳在，是不是事情就會有所不同？

「我記得上帝的應許，包含人們可以自己治理這片大地。」

這時，黑暗中突然出現了一個聲音。小紫認得這個危險的聲音，這表示這次的任務又會遇到棘手的阻礙。

「妳身為天使，不知道隨意出手是違背神的旨意嗎？讓這些孩子被火燒死，應該是神的旨意吧？」朵妮嬌小的身軀從黑暗中走出，露出了輕蔑的笑容。

「才不是什麼可以治理這片大地，是有自行選擇的權利。妳是墮落成邪靈太久，連上帝的話都忘了嗎？」但小紫根本就不想理會朵妮的干擾，她只想趕快將這個令人不快的任務完成。

不過，朵妮似乎對小紫的挑釁感到非常的生氣，她雖然不發一語，翅膀卻已經大大的張開。那是她要出手攻擊的前兆。

「膽敢挑釁我？妳以為現在的妳有辦法對付我嗎？」朵妮吶喊著，揮手釋放一道衝擊波，但小紫很快的舉起雙手擋了下來。

「呀哈哈哈！既沒有信奉主的人類，那個什麼天使的評鑑生也不在，妳的力量根本無法與我比擬。」朵妮大笑著，接連的揮手打出衝擊波，小紫雖然舉著雙手防禦，但確實就如朵妮所說，每次的攻擊都讓她逐漸感到吃力。

「怎樣？說不出話來了嗎？剛剛不是還很愛說？哈哈哈哈！」

朵妮一邊吼著，一邊狂笑著發動攻擊，一時之間，小紫也不知道該怎麼反擊才好。本來現在，小紫應該是要因著小孩父母的禱告想辦法讓孩子們脫險，或者是靜待雖然悲慘卻無可奈何的結局。只不過因為朵妮的搗亂，小紫現在已經自顧不暇，根本無法去思考該做什麼才好。

這時，一個念頭閃過小紫的腦海。

朵妮為何會出現在這裡？

她會出現，想必有什麼非到不可的理由才對。這讓小紫心中湧出了孤注一擲的想法。

「住口！妳這背叛神的邪靈，才沒有資格談論神旨意！」小紫嚴厲的罵回去，「妳們終必將被無盡的業火給燒滅！」

「妳這傢伙，口氣倒是很狂妄嘛！混帳！」朵妮聽了小紫的話，一瞬間就怒不可遏，面目猙獰的大吼了起來，「會被火燒滅的——」朵妮用力用右手一揮，「是妳才對！」

隨著朵妮的怒吼，一道烈火從她的雙手之中噴發出來。灼熱，讓小紫感到心頭一寒。

本來，天使與邪靈在靈的戰鬥中，是不會物理性的干擾到人類的世界的。但朵妮過度的憤怒，似乎超過了本來靈與物理的界線，也不知道是掉落在地上的火柴被推動而摩擦起火，還是朵妮的火焰干涉到物理世界，地上的汽油猛然的就燒了起來，四周一瞬間就陷入了火海。

「嗚！嗚！」被綁住的孩子看到這一幕，無一不嚇得哭了出來，卻都喊不出聲音。而朵妮的火焰因為橫跨了靈界與人類世界，小紫本身也無法無視火焰的攻擊，只能伸手阻擋著火焰的擴散，一步步退到了孩子們的身旁。

看著無辜的孩子們的淚水，小紫感到心頭一緊，不願意逃走，只好張開翅膀，阻擋在這些無辜的孩子與火勢之間。但朵妮在火焰後頭再度舉起雙手，也不知道大喊著什麼，只見她再度發動攻勢，火焰便隨著勁風席捲了過來，讓小紫奮力阻擋的雙手感受到強烈的灼熱。

「哇啊啊啊啊！」在火焰熊熊燃燒的劈啪聲中，猛然驚醒的熊先生也無法倖免於難，一身的汽油讓他很快的就燒了起來，在地上打滾著掙扎。哀號聲之後，他很快的就不動了，一邊散發著令人嘔心的臭味，助長著燃燒小屋的火勢。

接著，熊先生的靈魂便從他的身體中飄出，那微弱而黯淡的光芒，似乎正因喜悅而不停的跳動著。但是朵妮看著那靈魂，卻露出了鄙視的眼神，伸手將靈魂給抓住。

「愚蠢的人類，你還真的以為什麼惡魔信仰的獻祭就可以讓你們成為惡魔嗎？真是笑死我了！」她將黯淡的靈魂丟到地上，用腳緊緊的踩著，一邊大笑起來。在地上被踩住的靈魂體發出了宛如恐懼的光芒閃爍、扭動著，卻絲毫無法抵抗。

「你們這些註定要墜入地獄的靈魂，根本連一點價值都沒有，就連我們都懶得引誘。」隨著朵妮的話，被踩在地上的靈魂逐漸流出了某種液體，「但是至少還能讓我們補充點來自人類的生命力量。」

她舔著嘴唇，流出在地的液體便慢慢飛散開來，往朵妮的翅膀內吸了進去。「這算是你生命盡頭唯一的價值，破爛貨。腐敗的靈魂沒有意義，只有把那還抱有希望與信仰的人類吸引到墮落，才符合我們的本意呀！啊哈哈哈！」

「至少，上帝還對人類的懺悔抱有一絲期待。」小紫看著神采奕奕的朵妮，雖然面露苦楚，卻依然意志堅定的說著。「妳們不但要背負自身墮落的罪，還要一併承受引人墮落的罪，這樣真的值得嗎？」

「呿！妳還活著啊？」朵妮露出了不悅的神情，但也不再發狂，只是冷漠的笑著，「怎麼樣，讓那些孩子也跟我來吧！再繼續下去，難保妳不會死喔！我還不太想殺妳呢，妳這低等的天使。」

但小紫的表情沒變，只是咬著牙，回頭望了孩子們一眼，說道：「妳想都別想，邪靈。」

「算了，反正我也是隨便說說罷了。哈哈！」朵妮冷酷的笑了，「就把妳一起給燒盡吧，礙眼的下等天使！」

隨著朵妮的大喊，火焰一瞬間變得劇烈，木屋的結構因為燒得太久也開始逐漸崩塌了。小紫一面抵擋火焰，雙手都已經被火給吞噬，卻沒辦法同時保全孩子們。

但就在小紫正想著一切都要結束的瞬間，小屋的天花板突然炸開了一個大洞，伴隨著巨響，一個物體狠狠的衝向朵妮，把她給撞飛了出去。而小紫也趁著火勢瞬間的消散，甩動自己已被火焰吞沒的雙手，點燃孩子身上沒有被澆灌汽油的繩子，一瞬間就將孩子們從拘束中解放了出來。

「抱歉，我來晚了……」小淳從那從天而降的大洞中微微撐起身子，望著孩子們從火焰中哭喊著逃離的身影，露出了痛苦的笑容。

「笨蛋！」小紫也露出了淺淺的笑容，一臉責備的神情。她看小淳似乎就要失去意識，只得拖著自己也不淺的傷勢，將小淳攙扶起來，放到自己的風帆上。

「任務……」小淳無力的看著小紫被火焰焚燒的痕跡，意識逐漸朦朧。

「算失敗了吧！但這也是最好的結果了吧……」

「是嗎？那真是……太好了。」

兩人在即將崩塌的小木屋中對望著，各自露出了苦笑。

而這，也是小淳對這個任務最後的印象了。

任務八

喬斯汀的特別指令

當小淳再度張開眼睛，已經不知道是多久之後的事情了。

小淳獨自走到樓下，來到餐桌前，與還在用餐的小紫、小桃等人一同坐下。開著的電視上正報導著任務的事情，小淳沒有將心思放在上頭，只在聽見六個孩子都獲救後，安心的開始享用今日的第一餐。

小桃看小淳似乎沒事了，於是開心的大口吃著瑪那，不過小紫卻似乎不太有胃口，連盤中的那一塊都只吃了一點。

「怎麼了嗎？」小淳轉頭對小紫說到，直覺般的看向她那在自己記憶的最後，仍然被火焰燃燒著的雙手。但是她的手似乎已經沒事了，連一點殘留的痕跡都沒有。

「沒事，你不用擔心我。雖然與邪靈戰鬥確實會受點傷，不過只要好好的享用瑪那，享受在上帝的恩典之中，我們很快就會恢復過來了。而且，我並不怕火，已經習慣了。倒是你，我聽米多利大人說了，你跟那個莫妮糾纏了好幾天，竟然能活著回來，真是另我驚訝。」

小紫毫不保留的稱讚，突然讓小淳覺得很難為情。

「沒……也沒有啦！我真的是差一點就要自願放棄天使評鑑了，還好在最後想起了妳們的聲音，我才能有力量拒絕莫妮。」為了掩飾自己的難為情，小淳一邊說著，一邊低下頭去，狂塞了好幾口瑪那到嘴裡。

「所以說，你會趕不上阻止孩子出門，也是因為莫妮的緣故吧？」

「是呀！在被莫妮的幻術控制的期間，我一點時間觀念都沒有，連是白天還是晚上都不知道。」

小淳聽了小紫疑問，仔細的回想著與莫妮相處的時間。那段時間中，他確實沒有感受到日夜的變化，因為只要享用了食物與飲料，精神就會變得非常地好，所以他甚至沒有已經過了好幾天的感覺。想想這大概也是最後會完全沒有力氣與莫妮對抗的原因吧！

「不過說來也奇怪，這些邪靈，一般來說不會一直來阻撓我們才對。為什麼這段時間這麼常遇到呢？」小紫低下頭盯著自己盤中的瑪那嘀咕起來。而聽了小紫的話，小淳仔細想了想，總覺得朵妮與莫妮這三番兩次的妨礙，好像都是針對

喬斯汀的特別指令

自己而來，這件事情似乎有些蹊蹺。

只不過就在小淳正想提出來的時候，突然一陣強光在窗外閃耀著。三人不約而同的看向窗外，只見一個光團在遠處漂浮，接著一個渾厚的聲音就從光團中傳出。

「天使評鑑生，以及兩位天使早安。」

那是許久不見的大鬍子男約瑟的聲音。

「早安呦！」

「約瑟大人您早。請問今天怎麼會特別傳訊息過來？」

「有來自喬斯汀大人的指令。特別是評鑑生，請你聽好。」約瑟的聲音轉向小淳，這讓小淳嚇了一跳。

「評鑑生，你執行天使評鑑已經有很長的一段時間，目前來看是相當順利，尤其即使遭受邪靈的攻擊也能將任務完成，值得嘉許。現在，有個相當棘手的任務需要你們三位一同執行，這個任務包含了協助引導、續命以及離世，是很複雜而且很大型的任務，請你們務必謹慎執行。接下來，會將任務的資訊傳達給你們。」

語畢，小淳等人的腦中浮現了一大片野生山林的景象，似乎是在相當原始的自然生態區。區域中動植物互相依偎生存，形成一片欣欣向榮的景象。只不過，這次的景象中，並沒有出現某個、或是某些需要幫助的人類的身影。

「請問，這次的任務……」小淳疑惑的看向光團問道。

「去幫助動物們吧！這片大地將遭遇危機。」

「整片大地？」

小淳想不到會聽到這樣的回覆，霎時之間反應不過來，但還等不到回應，光團就瞬間消失了，這讓三人面面相覷，完全不曉得該做出什麼反應。

「幫助動物們的意思，就是這次遭遇危機的不是人吧？」小淳想了想，確實從任務資訊提供的影像中，沒有看到任何一個人。

「只不過約瑟大人說整片大地都有危機，而且這還是喬斯汀大人的指示，想必應該不是什麼簡單的任務才對。」小紫盯著自己盤中的瑪那，一邊說著一邊又慢慢的吃了起來。

「可是動物們有危機，我們不能坐視不管呦，小淳！」小桃看小紫繼續吃著瑪那，也大口大口的繼續吃了起來，「動物們的生命跟靈魂也都是很寶貴的呦！」

「我知道啦！所以要多吃一點，能量才夠是吧？」小淳看著吃得愈來愈多的

喬斯汀的特別指令

兩人，總覺得自己的胃口似乎也變好了些，於是便多裝了一些瑪那到自己的盤子中。

用餐完畢後，一行人簡單的收拾了一下，就連忙趕著出發，從任務出發地起飛，由小紫帶頭引導，飛向這次任務的目的地。

飛了一段很長的時間，三艘滑雲風帆在白雲上留下了漂亮的滑行痕跡後，在一片群山圍繞下的大原野中停了下來。三人將風帆停在離地面還有幾十公尺的半空中，望著幾乎一望無際的平原，短暫的享受著來自大自然的祥和與蓬勃的生命力。

小淳深吸了幾口大草原的空氣，然後就開始左右張望，掃視了整片的平原，不過卻看不到什麼他覺得會有危險的事情。

「真奇怪。這次的任務似乎沒有太多的線索，而且只說『去拯救動物吧！』，實在是讓人感覺很沒真實感啊！」小淳一邊說，一邊無意識的拉著風帆飛得更低了點，「這片大草原，會遇到什麼危機呢？」

「小淳，你可不能擅自行動呦！」小桃大喊著叮嚀小淳，才讓他意識到自己移動了位置，趕緊拉著風帆又再度飛了上來。

「這樣的地方，有什麼樣的危險，會讓喬斯汀大人特別指示我們，我覺得我們需要好好想想。」小紫看了小淳與小桃一眼，然後就拉高風帆往空中飛去。兩人雖然不知道小紫想到了什麼，不過因為一直以來小紫都是最可靠的人，所以兩人也就很快的跟著飛了上去。

「你們看。」小紫等兩人飛到自己的身旁後，指著平原一處低窪的地方。「那邊是沖積平原最低的地方。」

「沖積平原？」小桃不解的歪著頭。

「就是從山上流下的河水沖刷出來的平原。所以小紫你的意思是？」

「就是因為有這三面的群山圍繞著這裡，所以才能沖刷出這麼大一片肥沃的土地。不過你們再看那邊。」小紫指向三山環繞一側的遙遠天邊，「那邊的雲的動向看起來有點讓人不安。」

小淳跟小桃一起看向小紫指著的方向，在天空的盡頭有一片小小的黑影。雖然看得出來是烏雲，只不過還很遠很遠。

「烏雲？妳的意思是會淹水嗎？」小淳想了想，不太確定小紫的意思。

「確實有這個可能不是嗎？這樣的地勢如果遭逢連日大雨的話，確實很有可能會有很驚人的大洪水。這片土地的保溼程度應該很好，地下水豐沛，反而不適合有大雨。」

小淳聽著小紫的話，同時看著遠處的烏雲，心裡覺得小紫所說的也並非沒有可能。只不過實在很難想像眼前是如此晴朗天氣的大草原，將會要面對巨大的水患。

「不過如果是淹水的話，我們該怎麼辦才好？」小淳左思右想，都想不到能應付淹水的方法，「難不成我們要引導所有的動物離開平原嗎？這也太困難了吧？」

「應該還有別的方法才對吧。」小紫左右張望著，一下看看山地、一下看看平原，似乎一時之間也不曉得有什麼方法可以解決洪水的問題。但是此時，小桃卻搖搖晃晃的看著平原的低窪處，露出了微笑。

「小紫！小淳！那邊有瀑布喔！」

「瀑布？」聽了小桃的話，小紫和小淳異口同聲的喊著。

✝

在草原的另一頭，一頭公獅慵懶的曬著太陽。獅子的群落通常是由母獅子去打獵，公獅不是在打瞌睡、不然就是在群落中閒晃，只有心情好的時候才會去狩獵一下獵物。牠的鬃毛就像是王者的象徵一般，隨風飄逸時散發著充滿力量的美。

但如今，這樣的鬃毛引誘著死亡的到來。

隨著『碰』一聲槍響，公獅還來不及反應就直接倒地不起，子彈從獅頭的左方貫穿腦門，漂亮的鬃毛上沾染了大量的鮮血。

「呵呵！這頭獅子的毛色真漂亮，看來可以賣不少錢啊。」有著高挺下巴的壯碩白人中年男子蹲下身子，撫摸著死去雄獅的鬃毛，「我看百獸之王這種說法，也只剩當地的土著還會害怕吧？」

語畢，男子點起了雪茄，開始大口大口的吸著。

「欸！你少在那邊耍帥，趕快過來幫忙！」矮小的黑人男子大喊著，急忙從吉普車上跳下來，卻在跑到雄獅之前停下了腳步，「喂！這些傢伙怎麼辦？」

看黑人男露出了不懷好意的笑容，白人快步的跑了過去，往黑人男凝視的方向一看，發現有一群還非常幼小的獅子，正窩在草堆中瑟瑟發抖。他露出了大大的笑容，伸手將一隻給抓了起來。

「眼睛真尖，還真有你的。我記得有貴婦很愛這種小獅子皮草，不過要再養大一點。嘿嘿，這價格一定很好！真是令人興奮。」

白人大口的吸著雪茄，跟黑人互看著笑著。他從黑人手中接下一個大袋子，將小獅子一隻一隻往裡面丟，隨便捆一捆之後就丟到了車斗上。而黑人則是將雄獅的屍體給用布給綁住，然後往車上綁了個繩結，跟白人一起把雄獅給拖上了車。

吉普車發動之後，白人翹起了腳，吸著還有半截的雪茄，一副悠哉的模樣。他同時也從照後鏡看到，有幾隻母獅子似乎是因為被槍聲給吸引，趕緊回到住處來。但對這兩個熟練的獵人來說，牠們已經太慢了。

「欸，真令人煩躁。這些沒用的母獅子，不值錢也就算了，根本懶得理牠們，現在都追在後面，看了真討厭。」白人諷刺的喊著，把手中快抽完的雪茄往窗外一丟，直接把頭探出了車外，「你開快點吧！後面那幾個黃色的影子煩死人了。」

「你這人廢話真多，我們這趟車上傢伙多，等會兒還有很多貨要撈。你也別在那裡悠哉了，不爽就自己打個幾槍，牠們自己會知難而退。我們還要趕快去跟另一班人會合。」

黑人說著就把旁邊的來福槍甩了過來，白人被唏噓一頓，但只是瞪了他一眼，也無話可說，於是就將來福槍上膛，探出車子去瞄準。

「你開穩點啊，看老子一槍送走一隻！」

語畢，一聲槍響，子彈從最前頭的母獅右肩劃過，母獅子只是頓了一下，立刻又加速追了上來。黑人從照後鏡看到，不禁哈哈大笑起來。

「不是一槍一隻？哈哈哈！」

「你少在那嘲笑我！給我開穩點！」白人被嘲笑後大為光火，露出一副不悅的神情，一邊大吼著，一邊再度擺起瞄準的架式。

黑人笑了笑，朝他大喊著：「你可別怪我開不穩喔！這大輪的開蓬吉普可穩得很！」，但又一聲槍響後，剛才的母獅就確實的被擊中了頭部，連翻了三圈之後往一旁倒了下來。

「嘿！這次準了吧！」他大喊著，擺了個勝利的手勢。不過黑人卻揮了揮手，要他再回頭去看。

追著車子的母獅子還有五隻。

「煩死了！每隻都給我去死吧！」白人在吉普車上大吼著。

而在倒下的母獅身旁，則是出現了黑色的身影。

「人類，就是如此噁心。」望著那左臉整個被炸碎的母獅屍體，黑髮的邪靈朵妮臉上掛著冷峻的表情，「能為了自己的利益不擇手段，高喊著名為自由的口號，卻始終只是為了自己的慾望而生。」

「為了自由、為了利益、為了慾望，這就是人的本質。什麼藉由恩典與憐憫得到救贖，人類才不配得到這些，他們應該全部下地獄，在永恆的烈火中永遠受到焚燒。」愈說著，朵妮的神情愈漸猙獰，憤恨的神情宛如將母獅臉上的絕望與怒火全都映入心底。

「所以說，我們這些背叛者的存在，也都在上帝的預料中了不是嗎？『罪人也是為了受審判而造』，雖然我們選擇了與上帝不同的作法，但我們就是為了讓這些無可救藥的罪人統統下地獄，而誕生在上帝的安排之中。」

莫妮從朵妮的陰影中浮出，露出一副不知是諷刺還是嘲笑的表情。而朵妮則是聽著莫妮的說法，大笑了出來，表情比先前還要猙獰。

「哈！這種說法真令人不悅。畢竟那些天使可是說我們要受盡業火的焚燒呀！」

「所以，這次就讓一切都被業火焚燒吧！這可是註定的結果喔！」

「那還真是讓我感到血脈賁張呀！」

說完，兩位邪靈都不發一語，凝視著死去的母獅。雖然日正當空，但四周卻彷彿結了霜一樣，有一股寒意飄散在空間中。

†

「原來如此。這邊似乎是河道的出口，瀑布從這個缺口一直往下，往更下一層的地下水脈流去。如果能夠順利的把水引導到這裡的話，水災應該不會太嚴重。」小紫從小瀑布的下方飛出來，看著小桃跟小淳這麼說道。

「只是，要怎麼引導水往這邊流呢？這種浩大的工程光靠我來引導應該是不太可能的吧？」小淳皺著眉頭，左右看了看，總覺得什麼引導水流這種事情，應該不是天使任務會有可能要做的。

只不過，因為對任務一時之間也沒有什麼頭緒，小淳只能與天使們在草原附近飛來飛去，找找有沒有任務的線索。

「不過，有一點我很在意……」飛行中，小紫輕聲的說著。

「咦？是什麼是什麼？」

「約瑟大人說，這個任務包含了協助引導、續命以及離世，表示我們不但要引導動物們，還需要治療牠們、協助牠們脫離險境，最後還要引導死去的靈魂沉睡。我能理解自然的災害中會有很多要處理的事情，可是我實在想不到，大草原的動物們跟任務有什麼關聯。」

小紫說著，突然急煞在半空中，小淳與小桃發現後，連忙掉頭回來，兩人都是滿頭的問號。

「小紫，妳怎麼啦？」小桃一臉擔心的樣子，看著低頭沉思的小紫。

「一般來說，天使的任務是因為人們禱告與祈求，所以我們會來幫助人們。尤其是很多人本來不信主的，但是只要他們身邊相信的人幫他們禱告，我們通常都會忙著東奔西跑，去到處幫助人。可是這次的任務，我想不到是因為什麼樣的禱告，讓我們要來這裡執行任務。」小紫講著自己的想法，依然低著頭思考著。

「還是說，是我們搞錯了，也許確實有要幫助的人們。」小淳說著自己的想法。

「也不對呀?可是我們都沒有從任務的訊息中看到需要幫助的人。」

「可是確實有人呦！」

「咦？」小淳跟小紫再度因為小桃的話，不約而同的發出了疑惑的聲音。而小桃則是開心的指著與三人有些距離的平原上，那兒正冒著滾滾的沙塵，仔細一看，看得出有車子正在平原上奔馳。

「真的有耶！小桃眼力超好的！」小淳不自禁的稱讚著，讓小桃不好意思的摸著頭傻笑。

接著，三人就一起往車子的方向飛了過去。但是還飛不到車子旁，小紫就緊急的減速，只跟在車子一段距離之外，小純跟小桃也跟著減慢了速度，不知道小紫有什麼想法。

「小紫，怎麼了？不直接過去車子那邊嗎？」

「好像是獵人，我們不要太靠近比較好。」小紫看了一眼小桃，然後又看了一眼小淳。小桃一副不明白的樣子，但是小淳卻好像聽出了小紫保持距離的原因。

「他們……在打獵嗎？」小淳小心的問到。

「現在應該沒有，但是應該是來打獵的吧？他們車子上有載東西，也許是獵物。」

「咦？咦？打獵是要打死動物嗎？這樣動物很可憐的。」小桃聽著小紫的話，驚訝的喊著。

「呃……小桃，可是人也要吃肉啊！」小淳想了想，不知道該怎麼跟小桃說打獵這件事。想不到小紫卻搖搖頭，看著遠處的吉普車。

「可是，他們應該不是為了要吃肉所以打獵的。車子上的，應該是獅子喔！」

小紫指向車子的後車斗，小淳仔細的看，看到躺在上面的，確實是有著黃色皮毛的動物，上頭還有一圈顏色比較深的毛。

「獅子應該不能隨便獵殺吧？所以這是……」

「是盜獵者。」

小淳聽到這個詞彙，不禁到抽了一口氣。想不到在執行任務的時候，竟然會遇到人類的犯罪者，這是他想都沒想過的事情。

「獅子先生被殺死了嗎？可是、可是……為什麼要殺死獅子先生？」小桃似乎不能理解。但是小紫只是搖搖頭，將眼淚汪汪的小桃抱住。

「所以，我們剛才的推測都錯了嗎？要拯救動物是……要從盜獵者手中拯救嗎？」也不知道為什麼，小淳想到了這一點，就覺得相當的緊張。

「可是，那片烏雲，」小紫指向先前三人一起注意的遠處烏雲，「確實也往這邊過來了。」

「可惡，到底是該怎麼做才好啊？」看著變大許多的烏雲，小淳混亂的抓了抓頭。他低下頭去看著逐漸遠離的吉普車，總覺得似乎不能就這麼離開，但又不知道追上去能做什麼。想不到小桃突然離開了小紫的懷中，跳上自己的風帆，逕自往地面上降了下去。

「小桃？」小紫見狀，也趕緊拉起風帆追了上去，小淳也只好跟著追上。不過小桃的下降速度並不快，像是想要看什麼，卻又猶豫的樣子，給了小淳不好的預感。

「是獅子小姐。」小桃發出了一聲嗚咽，但是沒有停下自己的風帆。三人逐漸下降到離地面非常近的距離，小淳很清楚的看到，有幾隻母獅子聚在一起，看上去大多都受了傷，還有兩隻應該已經死了，躺在地上一動也不動的，身旁流了很多的血。

小桃發著抖，也不顧自己的害怕，慢慢的飛到了地面，然後從風帆上跳了下來，跑到受傷的母獅子旁邊，輕輕的撫摸著牠們的傷口。小淳見識過很多次小桃身為天使的治療力量，雖然傷口不會馬上就好起來，但是從以前的經驗來看，小桃的治癒能力可以讓傷患不再那麼疼痛，也算是有著很強大的安撫能力。

小淳與小紫跟上了小桃的步伐，跳下風帆來到了地面。小紫來到死掉的母獅身旁，從牠們身上取出了微弱的光球捧在手心中，閉著眼睛，似乎在禱告著，完畢後，她手中的光球就慢慢的沉到了地裡。而這樣的狀況，小淳實在是幫不上什麼忙，只不過他也是第一次看到被狩獵的動物，所以不太敢近看母獅的屍體。

受傷的母獅似乎能感覺到小桃、小紫的存在，也逐漸從驚恐與痛苦中平靜下來，各個依偎在一起舔著傷口。看著這一幕，讓小淳不禁覺得盜獵的獵人實在是太可惡了。

「這些盜獵的人實在是太可惡了，可是我們該怎麼樣阻止他們才好？」

小淳有些氣憤的喊著，並且轉頭看向小紫跟小桃。只是小桃還在難過著，正輕輕的靠著小紫的肩膀流眼淚。而小紫則是輕輕的摟著小桃，用難過的眼神看著小淳。

「老實說，我也不知道該怎麼做才好。為了有生命危險的人們而給予他們力量我們還做得到，但是要阻止人們去做壞事……這不是我們能做的，就像那個熊先生，如果單靠禱告我們就能改變他，這個世界上就不會有惡人了。」小紫低垂的眼睛，彷彿在跟小淳說著一個哀傷的故事。

「可是我們不能放任他們不管吧？這樣下去他們不知道還會傷害多少動物。如果想要阻止他們不能只靠我們的力量，那麼又要靠誰才能阻止這些盜獵的壞人呢？」小淳回頭再看了一眼母獅悽慘的屍體，恨恨的對小紫大喊著。想不到小淳沒問還沒事，大喊後小紫卻瞪大了眼睛。

「有，有方法！」聽了小淳的話，小紫下垂的雙眼與哀傷的神情頓時消失無蹤。

「有人可以阻止他們！」

「是誰？」小淳與小桃聽了小紫的話，也紛紛睜大了雙眼。

「保育警察！」小紫肯定的說著。

任務九

原野的獵場

桌上的大型電腦裝置發出了「嗶嗶」的聲響，讓辦公室裡的三個白人男子瞬間都繃緊了神經。

「喂！是怎麼回事？」坐在最深處的紅髮男子從辦公桌前跳了起來，看向離電腦最近的金髮男人問到。

「C區的警報裝置發現異常。那邊應該沒什麼問題啊？」

「那邊有什麼嗎？」另一個有著一臉雀斑的金髮男子問。

「那邊是獅子的主要生息地。」紅髮男子說，「最近獅子應該不會有什麼異狀才對啊？」

這時，電腦又發出了警報聲。這次銀幕上標示的位置，是在剛才標示處的旁邊。這下三人面面相覷，你看我、我看你，都覺得很不對勁。

「是盜獵者嗎？」紅髮男子左右看著自己的夥伴。

「這個季節確實有可能。我記得去年就是獅子。」電腦前的金髮男子若有所思的說著。

「最該死的是那些傢伙竟然連小獅子都抓走，然後去年的那叫什麼的新人才剛來，就差點被那些傢伙的來福槍打死，嚇得他馬上換部門走人。真是一群混蛋。」雀斑男子憤憤的喊著。

「那要不要叫支援？」紅髮男問。

「我們先去C區確認，老大你留守。確認是盜獵者的話，就叫個十組人來支援。這次沒把他們抓起來，也要把他們每個都就地正法。」

「意外性的。」

雀斑男子繞過桌子，一把將來福槍上手，隨手抓了一把子彈。金髮男看著不禁笑了笑，也把槍扛上肩膀，然後拿了一組對講機。

「以防萬一。」他將對講機一支交給紅髮男子，兩人互相點頭示意後，金髮的兩人就走出了辦公室，跳上吉普車，朝著遠方大草原的盡頭開去。

而站在電腦前的另外三人，則是互相看了一眼，也默默的一起離開了辦公室。

離開了辦公室後，小淳等人叫出滑雲風帆，慢慢的上升到有點高度的地方。

小淳一直想著剛剛小紫指示他去試著在銀幕上觸碰的那個被稱為C區的地方，不太確定那裡是不是就是母獅子受到攻擊的地方。

「小紫，妳剛剛要我點的地方，就是我們遇到母獅子那裡嗎？」

「哦？小淳懷疑小紫的能力？」小桃看著小淳，竊笑著說到。

「哪、哪有？我是因為我自己搞不清楚才問的好嗎？」小淳看小桃竊笑的表情，然後看到小紫瞇起眼睛，連忙解釋了起來。

「我才不會因為你發問所以生氣。」小紫搖了搖頭，露出一副好笑的表情，「剛剛那個C區就是我們遇到母獅子的地方，後來要你去點的則是吉普車開過去的方向。雖然不知道盜獵者已經跑到哪裡去了，但是至少已經通知保育警察。我們還是趕快追上去，跟以前一樣用引導的方式來幫助他們，這樣動物才能早點得救。」

「說的對！」

一人兩天使說完，馬上就滑起風帆往保育警察的方向追去。只不過因為吉普車的速度跟風帆差太多，沒辦法開得太快，所以小淳等人也只不過是跟著吉普車慢慢飛而已。

「不過聽他們說的，去年遇到的盜獵者好像很凶耶！」飛了一段時間，小淳想著剛才辦公室中三人的對話，對盜獵者的看法又更糟了一點。

「會盜獵動物的人，都是一群為了錢不擇手段的人。他們在這個地方被抓到的話，通常都是要坐牢一輩子，所以他們也一定是一群亡命之徒，為了能逃走一定會攻擊保育警察的。」小紫解釋。

「可是，賣這些動物能賺很多錢嗎？」

「被保育的獅子的毛皮，好像可以換到幾台機車呦！」小桃這麼說到，「而且小桃看電視也看過，保育類的羚羊，如果有一對完整的角，好像可以換一台車喔！」

「這麼多錢喔？」小淳瞬間被保育動物的價格嚇到，想想如果一次可以盜獵十幾隻羊，光是羊角就可以賣很多很多錢。甚至偷獵一次，就可以好幾年不用工作。這才明白為什麼盜獵者會對狩獵這些保育動物這麼趨之若鶩。

這時，下面的保育警察來到了母獅子屍體的附近，而且也很機靈的發現了屍體，就將車子開到了附近停下，從遠處用望遠鏡看著，不願意過去驚動還在附近的其他母獅子。

小淳等人發現了保育警察的動靜，於是也在半空中停了下來。再次來到母獅子屍體附近，讓小淳回想著小桃所說的，以及自己剛才的想法，似乎也有些了解那些背叛神的邪靈會厭惡人類的原因。

這時，小紫順著剛才的話題繼續說了下去。

「可是無論如何，盜獵動物都是不對的，而且這片草原是環境保育的重要地區，裡面棲息了很多重要的保育類動物，除了遭受攻擊的自保之外，是不能隨意攻擊動物的。」

「說得對，再怎麼說這邊都是不能打獵的啊！所以我們還是趕緊幫忙找到盜獵者在哪裡，趕快把他們逮捕，才不會有更多的動物受害！」小淳聽著小紫的說法，感到相當的認同。於是他率先壓低風帆下降了高度，同時大喊著，「小紫，有沒有什麼辦法，能讓我們一邊引導保育警察，又一邊能夠知道盜獵者在哪裡？」

小紫聽了小淳的話，明白了小淳希望讓任務更快更順利的進行，於是露出了笑容。

「不要緊，我可以先往前去探查，我再傳遞訊息給小桃，讓她來幫助你。」

「小桃可以把影像傳送給你！就像接受任務的時候那樣。」

「原來如此，還可以這樣啊！我們有辦法分開行動的話，我就能一邊引導保育警察，同時也知道該引導他們去哪裡了。」小淳笑著，對小紫點了點頭，「那小紫，盜獵者那邊就麻煩妳了。」

「交給我吧！」

說完，小紫就自己一個人往前飛了出去，一下子就不見了蹤影。而看著小紫離開後，小淳與小桃就趕緊下降，確認保育警察們的狀況。只不過還沒下降到旁邊，車子裡面就傳來了大喊聲。

「老大老大！確定是盜獵者，趕緊叫支援！」這個聲音聽起來應該是雀斑男。

「獅子受到襲擊，死了兩隻，四隻受傷，看起來應該小獅子應該也被抓走了。」

小淳一聽，不禁心頭一緊。

「這些傢伙真的太可惡了。」他心裡想著，一邊下降到吉普車的旁邊。用望遠鏡看著獅子方向的是金髮男，而雀斑男確實正對著無線電大吼。

「他們應該往F區前進了，那邊接近林區，也是稀少平原羚的棲息地。」金髮男說。

「是想藉著林木為掩蔽逃走嗎?還是有目的性的狩獵？」對講機傳來了紅髮男的聲音。

「都有可能。總之，對付這些傢伙人手再多都不夠，最少要來個十組。」雀斑男吼著。

「十組應該不太可能，不過三四組倒是沒什麼問題。好，我儘快聯絡，你們繼續追蹤。」

「知道了！」

說完，金髮男踩下油門，將車子繼續往前開去。小淳與小桃互看了一眼，也一起架起風帆跟了上去。這個時候，小桃彷彿觸電般的抖了一下，嚇了小淳一跳。

「怎麼了嗎？」

「是小紫的訊息，你看。」

小桃笑著，輕輕的用手指點了小淳的額頭一下，馬上小淳腦中就出現了一個影像。那是相當靠近森林的地方，附近依然有許多動物在活動。影像中的遠處可以看見剛才盜獵者的吉普車，不過車子的數量好像變多了。

影像消失後，小淳左右張望了一下，感覺小紫發出訊息的地方，似乎離現在前進的方向要右邊了一些，於是他再次降低了飛行的高度，來到了車窗的旁邊，向著開車的金髮男大喊了起來。

「先生，盜獵者在右邊，你需要右轉一些才行。你需要再右轉些，才能找到盜獵者。」

這種作法，是小淳這段時間以來執行引導任務的經驗。只要重複並且來回的在對方耳邊說話，就有辦法影響對方的潛意識。根據小紫所說，這有點像是人類會說的『感覺上帝好像在跟我說話』，只是說話的不是上帝，而是上帝的使者。不過對人類來說，意義上是相同的。

「我記得平原羚的棲息地好像要往右邊一點。」金髮男好像想到了什麼一樣的說著，並且將方向盤向右邊轉了一些，讓小淳馬上就知道自己成功了。

「但是要小心，盜獵者人很多，千萬要小心一點才行。」小淳看引導有效，馬上就接著引導下去。「要小心，不要太急，要遠遠的觀察，等增援到再一起進攻。記得，要小心盜獵者人數不少。」

「話說，我記得去年盜獵者……」在小淳的引導之下，金髮男一邊說著，看了一眼副駕駛座的雀斑男，好像若有所思的樣子。

「你想說什麼？」

「我記得他們好像人還不少不是嗎？應該有三台車。」

「有這麼多嗎？」雀斑男疑惑的問。

「對！人很多，所以要小心才行。只有你們兩個是沒辦法對付他們的！」小淳趁機在旁邊喊著，「發現之後要遠遠的觀察才行，不要貿然就衝出去。」

「我記得人還不少，我們還是小心一點為妙。」

「好吧！雖然我想早點打爆他們。那你想怎麼做？」

「我們先找到他們，然後等支援到，再一起對付他們。怎麼樣？」

「雖然有點拐彎抹角，但是為了安全起見，好像也只能這麼做吧！」雀斑男思考著金髮男說的方法，也提不出什麼反駁。

「好，那就走吧！」於是金髮男大喊了一聲，猛踩油門就衝了出去，將小淳小桃一下子丟在了後頭。小淳見狀，回頭看了小桃一眼，兩人互相做了個鬼臉，似乎都被這金髮男給嚇了一跳，笑了笑之後才加速追了上去。

金髮男車子開得很快，但還比不上滑雲風帆的速度，小淳與小桃一下就追上了他們，不過為了安全起見，小淳與小桃飛得稍微高了一點。也不知道為什麼，天使有時候可以穿牆而過，但是飛行中卻會撞到樹木，這一點一直讓小淳非常不解。

然而正當小淳還在思索這個無解的疑問時，小桃突然伸手抓了一下小淳，小淳趕緊慢了下來，腦海中卻閃過了另外的影像。

那是五六個男人正埋伏著要狩獵動物的身影。其中一個男人從草堆中探出頭來，架穩了手中的槍枝，一串火舌馬上就穿過了原野，打中了一隻正在覓食的羚羊。

「他們又在打獵了？」小淳大喊，從腦中的畫面看見羚羊們四處竄逃。但是盜獵者早就安排好埋伏，趁著動物們還混亂著，又借勢開槍打中了好幾隻。

「糟糕，動作得快一點才行。」小淳緊張的看了小桃，但是小桃卻只是難過的看了他一眼。

「不要緊的小淳，其他的羚羊已經逃走了。雖然小淳可以看到畫面，但是那不是即時的，比較像是人類錄影的畫面那樣。但是小桃可以看到小紫正在看到的畫面，那些壞人打中了五隻羚羊，其他的羚羊已經逃走了。所以我們還是專心引導警察先生趕快找到那些壞人才好。」

「嘖……」小淳聽了，又不禁感受到自己的無力，「沒辦法，沒辦法直接干涉世界實在是太嚴苛了。有些事情我們真的是無能為力。」

「可是小淳已經做得很好了，而且，如果沒有神的恩典與人們的禱告，天使也是沒有辦法對世界進行干涉的。所以我們更要做好我們能做的事情。」

「說得也是！」

聽了小桃的打氣，小淳從難過中又回過神來。他覺得小桃總是能夠說出安慰人心的話，讓他時常可以正面的看待眼前的狀況。不過雖然小淳希望能趕緊引導保育警察逮捕盜獵者，但是因為雙方人數的差距，即使金髮男跟雀斑男追到了盜獵者，兩個人也是沒辦法抓住他們的。

「可惡，如果沒辦法抓住那些盜獵者……先讓警察們確定支援什麼時候到嗎？」小淳一邊降低飛行的高度，一邊注意著自己會不會撞到樹木，慢慢的再度飛到了車子的旁邊。

「先用無線電確認一下支援在哪了吧！免得遇上盜獵者卻沒辦法對付他們。快確認一下支援在哪了。」小淳對著車子裡面大喊，讓金髮男似乎有了反應。

「欸！先確認一下支援到哪了，否則等一下遇到衝突我們鐵定遭殃。」

「了解。」雀斑男聽了金髮男的話，馬上拿起了無線電喊著，「老大，有聽到嗎？你們那邊怎麼樣了？」

「所有人馬已經出發了，十一個人，四台車。你們找到他們了沒？」

「還沒看到，但是應該……」

話還沒說完，突然一聲巨大的爆炸聲出現在遠方，連小淳跟小桃都被嚇了一大跳。所有人一同往遠處看，發現就在車子正前進的方向，遠處閃動著劇烈的火光。

「發生什麼事？」被稱為老大的紅髮男似乎也從無線電中聽到了巨響。

「不知道，但很像是……」雀斑男想了想，似乎又覺得不太可能，但還是說了『炸藥』兩個字。

「算了，不管三七二十一，趕快往發出聲音的地方過去。誰知道那班傢伙會搞出什麼飛機。」老大在無線電裡面大喊，「所有人全速往F區前進，等先鋒部隊回報狀況，再一舉攻堅拿下那些傢伙。」

聽完指示後，金髮男將油門猛踩，速度又變得比之前更快了。小淳提昇高度，飛到小桃旁邊，兩人一起加快了速度，追著吉普車向前飛去。只不過這時，小桃卻露出了奇怪的表情，而小淳也發現了。

「小桃，怎麼了嗎？」小淳大喊著，聲音有些被風勢掩蓋。

「小紫……小紫沒有回傳訊息給我呢！明明那麼大的爆炸。」

「咦？」小淳聽了小桃所說的，不禁嚇了一跳，「小紫沒有傳訊息過來嗎？」

「沒有！我們要不要趕快過去，我有點擔心小紫。」

小桃露出的擔心的神情，讓小淳不自禁的也開始擔心了起來。

「好吧！反正他們應該暫時不用我引導了，我們快去找小紫吧！她在哪個方向？」

「這邊！」

小桃將風帆往前一壓，馬上就加快了速度。而小淳也馬上追了上去，心裡不知道為什麼湧出了強烈的不安。兩人飛得很快，一下子就把吉普車甩在了後頭，只不過愈是接近爆炸的地方，小淳心中總有一種『不妙』的預感。明明小紫是天使，即使是被爆炸給波及，也應該是完全不會受傷的才對。

「小紫！」兩人丈著風帆的速度，一下就到達了爆炸的現場。爆炸離森林有點接近，四周都是火焰，讓小淳想起了之前『熊先生』事件的小木屋，給了他一種非常不舒服的感覺，也不知道是不是會釀成火災。

小淳跟小桃喊著小紫，但是卻沒有立刻得到回音，因為相當擔心的關係，兩人很快的往地面下降，開始尋找起小紫的蹤影。

然而還沒來到地面，煙霧中就傳來的一陣互相打鬥、喊話的聲音。小淳一聽到說話的聲音，不禁大驚失色，駕著風帆就往煙霧理面衝了進去。

「呀哈哈哈哈！天使，妳在這裡是沒辦法發揮力量的！」

「妳們來這裡是想幹什麼？」

「廢話少說，妳給我躺下休息吧！」

朵妮張大雙手，用自己的力量壓制著小紫，一旁的莫妮則是露出一副悠哉的神情，所有人都沒注意到煙霧外頭的動靜。

而就在小紫快要朵妮被壓制之際，小淳駕著風帆衝進了煙霧之中，由於朵妮正在對小紫發動攻勢、閃避不及，只不過莫妮卻靈巧的把她給踢開，兩個邪靈都沒有被小淳給撞上。

「來了呀！小淳。怎麼樣，見識到人類慾望的醜陋了嗎？」莫妮綻開柔和的笑臉，語氣一副事不關己的樣子，眼神卻跟與米多利對峙時一樣銳利。

「妳們……妳們這次又想做什麼？」小淳發出了有點擔憂的聲音，他沒想到這次的任務會同時遇上兩個邪靈，而且這兩個邪靈都不好對付。但是這時朵妮從後頭走了回來，露出了與不同以往的笑容。

「欸，難得我們這次的目標一致，評鑑生，我看你們這次就別干擾我們，乖乖看我們怎麼做就好，怎麼樣？」她的神情中少了之前那一貫的攻擊性以及凶性，反倒是掛上了與莫妮相似的嘲諷表情。

「目標……一致？」小淳不解。

「你們這次應該是要阻止這些盜獵者，而我們想好好懲罰這些盜獵者，難道不算是目標一致嗎？還是說你們這次是要來拯救這些盜獵者，讓他們逃出生天？」她笑容中的嘲諷意謂又更深了點，眼神讓小淳覺得她依然不懷好意。只不過這次她並沒有說錯，小淳等人確實是來阻止盜獵者的。

「小淳，你千萬別相信她們，她們是邪靈。」小紫緩過氣來，趕緊來到了小淳的身旁，這時，小桃也駕著風帆來到兩人身旁，但小淳卻伸手阻止小紫。

「妳說妳們也是要阻止盜獵者？那妳們為什麼要攻擊小紫？」小淳回想剛才衝進煙霧中時所聽到的對話，「如果我們目標一致，為什麼妳們不讓我們執行任務就好了？」

「欸，當然是因為我們想要這些惡者的生命力量呀！你真傻，小淳，沒有上帝恩典的我們，當然需要補充些能量囉！反正這些是本來就要下地獄的爛貨，就把他們的力量讓給我們吧！反正你們又沒差，不是嗎？」莫妮舔著上嘴唇，露出了先前那個充滿誘惑的笑容。只不過小紫卻一揮手，站到了小淳的前面。

「別開玩笑了！世上一切的靈魂都要等到世界的末了由上帝親自審判。妳們算什麼，有什麼資格奪走這些靈魂的生命力量？」小紫吼著，聽得朵妮又再度露出了不悅的神情。小淳意識到這是兩人開打的原因，於是趕緊走到了小紫的前方。

「小紫，等等。」小淳阻止了小紫繼續說下去，並且看向兩個邪靈，「我們本來是應該不能放手讓妳們隨便亂來，但是我們的任務確實是要阻止這些盜獵者，並且拯救這些動物。所以，能不能請妳們不要妨礙我們的任務呢？」

這話讓小紫以及兩個邪靈都非常的驚訝。小桃則是還搞不太清楚狀況。

「小淳，你是什麼意思？」小紫問。

「我是覺得，只要她們不要來妨礙我們的任務就好了。我們的任務並不是打倒邪靈，而是拯救動物們、幫助保育警察逮捕那些盜獵者不是嗎？所以只要她們不要來妨礙我們完成任務不就好了嗎？」

「小淳，可是她們……」小紫聽著小淳的話，似乎有些猶豫。

「但是我們還是要拿走那些混蛋的生命力量喲，小淳！這點我們可不會退讓呢！」莫妮微笑的說著。

「你看吧！小淳，她們……」小紫大喊著，但是小淳依舊阻止了小紫繼續說下去。

「不要緊的，小紫，等我們先將目標放在完成任務，之後再來想辦法阻止她們。」小淳看了一眼小紫，希望小紫能夠理解自己的想法。

其實，小淳心中也非常的緊張，他並不希望自己在執行任務的時候，還需要對付這兩個邪靈。但是這次，朵妮與莫妮都表示她們是想要這些盜獵者的靈魂，並沒有想要互相妨礙的意思，如果能借由這個機會，先順利的完成任務，再來阻止邪靈奪走人類的靈魂，應該也不遲才對。

「唉呀！如果你這麼堅持，那麼我們不妨礙你們也是無所謂啦！反正只要我們能搶得先機，那些靈魂被我們搶走你們可不能怪我們呦！」莫妮微笑著看了朵妮一眼，兩個邪靈似乎達成了共識。

但是就在這時，突然遠處槍聲大作，小淳往煙霧外一看，保育警察金髮男的車子已經來到了附近，而剛才他沒注意的盜獵者們，也因為響起的槍聲而開始反擊。看到了這裡，小淳才發現他還沒有搞清楚剛才的爆炸到底是怎麼回事。

「小紫，剛才的爆炸是？」小淳看著兩個邪靈隱沒到陰影中，趕緊轉頭向小紫問道。

「我也不知道，好像是其中一台車上的炸彈不知道被什麼東西引爆了。車子上跑出了一堆靈魂，好像是動物們的。我發現的時候，那個朵妮已經跑到車子那邊要吃掉靈魂的力量，為了阻止她，我們就打起來了。」小紫露出一絲苦澀的表情，看著被這段話嚇到的小淳說著。

小淳聽了小紫的話，馬上就想到雀斑男提過小獅子也被抓走的消息。一想到如果是被抓的小獅子不小心引爆車上獵人的炸藥……小淳無法再想像這個悽慘的結果。

然而這時，兩人卻聽到小桃大喊著「警察先生危險」，馬上就衝了出去，小淳又想到剛才往外頭觀看的時候，並沒有發現其他保育警察的身影。剛才小淳已經多次的引導他們，千萬要等到支援到了才發動攻勢，為什麼會貿然就開槍呢？

「小淳，我們該怎麼辦？」小紫緊張的問著，但是小淳也被這突如其來的混亂狀況攪得腦袋一團亂了。

「妳突然問我我也不知道啊！我們先飛高一點觀察一下狀況吧！」小淳趕緊

扶起自己倒在地上的風帆，載著小紫飛到了空中。小淳仔細一看，小桃正待在保育警察的身邊，雀斑男似乎有被子彈打中，但是只是輕傷，而除了爆炸的車子以外，其他三台車子都有人正往警察的車子開槍，這樣下去對保育警察不利。

「可惡，我們沒辦法對這種狀況做出行動啊！」小淳一邊看著，一邊緊張的要死，氣急敗壞的抓緊了風帆的握桿。這時，遠處的捲起了幾個煙霧往槍戰的方向馳騁過來，看到這一幕，小淳就知道救兵來了。

「有希望了！」小淳大喊，但盜獵者似乎也發現警察的支援來了。瞬間槍聲逐漸緩了下來，反而是車子引擎的聲音夾雜在火焰燃燒的聲音中紛紛響起。小紫也在這時召喚了自己的風帆，並且跳了過去。

「小紫，我得去幫警察才行，他們有我的引導應該能更順利。」

「嗯！你快去吧，我去盜獵者那裡幫你們傳遞訊息！」

「好！」

說完兩人就快速的往不同的方向前進，而小淳在還沒到金髮男的車子前，就一邊大喊著「趕快上車，快追！」，兩個保育警察彷彿有聽到他的聲音，馬上就從車子後面跳上了車，也發起了引擎來。

「你剛才是在衝動個屁！差點害死我！」金髮男大吼著，奮力的轉著鑰匙，但車子好像發不太起來。

「我那叫做拖延時間，剛才那個機會要是給他們跑掉，我們怎樣都追不到了吧！」

「拖延個屁！下次你再鬧，信不信我先斃了你？」

「好好，算你贏。我不衝動行了吧！趕快追。」

「你是沒看到我已經在發車了嗎？」

說完，引擎終於發動了，兩人優先追著幾秒前就出發的盜獵者開始了這場追逐戰，而後頭的車子也一一的跟了上來。

這場在原野上的追逐戰，終於正式開始。

任務十
烈火的山峰

飛車追逐持續了幾分鐘，中間只有幾聲零星的槍響，而且都是從盜獵者的車子那兒傳來的。小淳發現到所有的車子都逐漸往地形比較崎嶇的方向前進，同時逐漸接近著山區與森林。

因為地形與路況的關係，盜獵者與保育警察的距離逐漸拉近，小淳一方面為警察方可能到來的勝利而感到欣喜，卻也同時一邊擔心著盜獵者事到臨頭最後的反撲。

小桃用續命天使的力量稍微讓雀斑男的傷口不再那麼疼痛，不過這也是小桃能做的最大極限了。

「再加把勁，你們就快成功了，一定能追到他們的！」小淳不停的說著這句話，希望能引導警察們持續不懈的追逐，然而事情同時卻也往小淳擔心的方向發展著。

盜獵者似乎也注意到自己難以逃脫，竟然自行減慢了速度，讓雙方的車子愈來愈近。

「小淳！小紫說壞人要攻擊了！」小桃大喊著，讓小淳繃緊的神經更加緊張了起來。

「小心！他們要攻擊了，小心！快先反擊！」小淳大喊了起來，也不知道保育警察是不是有聽到。他看著雙方愈來愈接近，想了想，覺得自己不能只引導金髮男那台車子，也得要引導別台車的警察才行，所以拉著小桃往別台車的方向飛了過去。

但就在這時，小淳從眼角餘光瞥見金髮男車上的雀斑男從車子中探出了頭，架穩了槍往前方射擊。他回頭一看，正好看見雀斑男擊中前方盜獵者的車子，也不知道是打中車輪還是哪裡，車子馬上歪歪扭扭的慢了下來。

「好耶！」小淳大喊一聲，想不到卻再度看見令他訝異的畫面。

雀斑男再度穩住身體，擺出開槍的動作，卻不知道發生了什麼事，猛然的就從金髮男的車子裡面飛了出來，重重地摔在地上翻滾著。後面的車子為了避開他，紛紛左右移動的閃了開來，卻有車子被那台歪扭車上的盜獵者開槍打中。

「怎麼回事？」小淳不顧小桃還在飛著，自行掉頭去看雀斑男，發現他竟然頭部被槍打中，已經死了。可是被槍打中的位置非常的奇怪。

「你想的沒錯呦！」這時，莫妮的聲音出現在小淳的身後，「他是被那個金髮的男人打死的。」

「什麼？」小淳詫異的大喊，「為什麼？怎麼會？」

面對訝異至極的小淳，莫妮露出了冷酷卻又有點嘲諷的笑容。

「那個金髮的男人是盜獵者的同夥，所以負責電腦的他早就把監控裝置弄壞了，他不可能預料到你們竟然去操控電腦，所以情急之下，他只好出來幫他的同夥啦！你沒注意到他一路上都要那個雀斑的不要衝動惹事嗎？那是因為他不想被他的同夥打死呀！」

「為什麼？為什麼他要這樣？」小淳不解的大喊著。

「當然是為了錢啊！他跟盜獵者們聯手，一定少不了很多好處的嘛！而這下他的計畫被你們搞破壞，他要是不出來幫他的同伴，如果有盜獵者逃走，這下一定會被當成背叛者，所以只好出來搏命囉！殺死這個鬧事的雀斑對他來說也只是剛好而已吧！」

聽著莫妮嘲諷的語氣，小淳真實的感受到那種人們自私與慾望的醜陋。這讓他非常的生氣，同時也非常的難過。只是這整件事情還沒落幕，他不能在這裡空等。

「可惡！可惡！」小淳恨恨的喊著，跳上風帆，全速往車陣飛了回去。小桃一時找不到小淳，還正擔心著，小淳馬上就回到了她的視線中。只是小淳沒有空理會小桃，他看著金髮男的車子加入盜獵者的行列，立刻就開始對著保育警察大喊著。

「快開搶！開槍！把那些盜獵者都抓起來！」

「小淳？」小桃發現小淳的異樣，歪著頭看著他。但是小淳沒有發現小桃的視線，立刻飛到了另一台車旁邊，繼續大喊著。

「快開槍，把那些可惡的傢伙統統抓起來！可惡！快開槍啊！」

在小淳的引導下，保育警察們紛紛取出了槍枝與盜獵者火拼了起來，四周馬上槍聲大作，又陷入了一片混亂之中。一開始就被擊中的那台車上的人，也不知道是使用什麼武器，讓四周的地面上到處都發生了小爆炸，嚇得保育警察的車開始四處亂竄了起來。

「混帳！」

任務十

烈火的山峰

小淳的耳邊響起一聲吶喊，一個保育警察似乎開槍打中了在往地上丟炸彈的盜獵者，那一台盜獵者的車子馬上就從內部燃燒了起來，歪了一個方向往林區裡面衝了進去，最後撞到樹木發生了爆炸。只不過小淳沒有多想，而是繼續跟著這場野蠻的追逐戰吶喊著，無盡的槍聲始終不絕於耳。

然而，追逐戰很快就到了尾聲，雖然保育警察有兩台車因為被擊中而慢了下來，但是盜獵者車子也因為車子及人員的中彈而減慢了許多，最後兩車互相撞擊而停了下來，只剩下兩台車繼續追著金髮男的車，一路開向了原野的盡頭。

「混蛋！」飛行中，小淳清楚的聽到前方金髮男的大喊。也許是因為已經全盤皆輸的關係，他的同伴全都被打倒了，如果自己沒有逃走，大概也難逃相同的命運，於是便決定要做垂死掙扎，拼命到最後一刻為止。只不過他還來不及想好要怎麼反擊，他的後輪就中彈了，車子馬上就慢了下來。

「快停車吧！你逃不掉的！停下來接受制裁吧！」小淳飛到金髮男的身邊大喊著，猙獰的表情讓飛在金髮男身旁的小紫也非常訝異。只不過這一吼不但沒有讓他停下，反倒讓他下定決心要拼死一擊。

於是金髮男用東西卡住了方向盤，整個人轉過身來，拉起身旁的來福槍就往後頭開槍，竟然就這麼擊中其中一台車子的駕駛，車子也失控的衝向旁邊的樹林。

然而就在金髮男為了逃亡有望而欣喜之際，他的腳猛踩油門，卻讓被子彈打中的輪胎整個爆開，瞬間車子就飛了起來，失控的往樹林裡面衝進去，跟被他射中駕駛的那一台車撞在一起，一瞬間就爆炸了。

小淳看著爆炸的場景，停下了風帆，一時之間傻了眼。

「為什麼……」

小淳哭喪般的喊著。他無法理解，明明都是這些盜獵者的錯，為什麼這場追逐戰中，保育警察要付出這麼大的代價。雀斑男死掉了，還有好多保育警察中彈受傷，最後金髮男的車子也拖著一車的保育警察陪葬，這樣的代價實在太大了。而且，這些保育警察根本一點錯都沒有。

他終於能明白，為什麼邪靈會說那些腐敗的人類沒有救贖的價值。他現在深深的認同朵妮、莫妮所說的，那些邪惡的混蛋都應該統統下地獄，根本連給他們審判的機會都不需要。因為跟他們相比，那些無辜被獵殺的動物太可憐了、那些無辜死去的保育警察也太可憐了。尤其是雀斑男，他甚至連自己為什麼會死掉都不知道，這樣的死，太沒有價值了。

小淳咬著牙、流著眼淚，看著爆炸的火焰點燃了樹木，心中的憎恨與憤怒完全不可遏止。小紫與後來追上的小桃站在他身旁，都不知道該說些什麼才好，但是看著火勢愈來愈大，三人心中都湧出了一種不妙的預感。

「糟糕，這樣下去會演變成森林大火！」小淳從憤怒中驚醒，大喊著往前一台衝進森林爆炸的車子那兒望去，發現那裡已經整個燒了起來。

「竟然不是只有要阻止盜獵者嗎?難道我們還需要阻止森林大火嗎？」他大喊著，對著這完全失控的發展感到相當的惶恐。不過小桃卻拉住了小淳的衣服。

「不是的小淳，我們沒有辦法阻止森林大火呀！」她對小淳喊著，「我們要趕快幫助森林裡面的動物逃走才行的呦！」

「小桃說的沒錯！小淳，我應該有辦法讓火勢蔓延得慢一點，你跟小桃趕快幫助動物們逃走！」

「好吧……不過，我們可能沒辦法同時顧及兩個起火點，我先去第一個起火點那裡看看狀況，如果沒辦法的話，我就回來這裡跟小桃一起幫助動物。小紫，火勢就麻煩妳了！」小淳左看看右看看，腦筋動得飛快，但看現在儼然已經失控的局面，也只能祈禱事情不要再更糟了。

小淳、小紫與小桃互看了一眼，確定彼此的任務後，小淳便架起了風帆，往第一個起火的地方飛了過去。只不過第一個起火點的火勢已經蔓延了開來，幾乎到了一發不可收拾的地步。其中幾個保育警察看了狀況不妙，趕緊開啟了無線電，似乎正在請求支援。

「可惡，這邊沒有辦法了嗎？」小淳咬著牙，看著火勢愈燒愈旺，想著也沒辦法了，正想回頭往小紫小桃的方向飛去，卻突然聽到槍聲大作。

「怎麼回事？」小淳回頭一看，剛才被壓制的部份盜獵者，看保育警察一邊要處理森林火災的事情、人手不足，趁隙脫逃並且奪槍攻擊。保育警察反應不及，紛紛中彈倒下，也不知是死是傷。

「這些傢伙！」

小淳尚未平息的怒氣，因著這些盜獵者的惡行再度被激起。他駕著風帆衝了過去，一時之間也沒想太多，側著風帆就往盜獵者們猛衝，想不到盜獵者們被這麼一撞，竟然各個都像是被重重的一擊一樣，無力的垂下手，癱倒了下來，從嘴角滲出了鮮血。

「幹得不錯嘛，小淳！」這時，莫妮與朵妮突然出現在小淳的身後。莫妮讚賞般的拍著他的肩膀，「想不到你竟然能超脫靈的限制，對這些該死的爛貨賜下制裁。很棒喔！真是個好孩子，不愧是天使評鑑生。」

「就是啊！我還以為你跟那個蠢蛋下級天使一樣，滿腦子神的律例典章，卻沒有辦法彰顯神的公義與正直。這些爛貨都應該死得悽慘落魄，靈魂永遠得不到救贖，讓他們還有機會去傷害善人，根本就是錯誤的考量。什麼丈著神的憐憫與慈悲給予他們改過的機會，我呸！罪人就是該死得跟垃圾一樣。」

小淳訝異的看著被自己打到在地的盜獵者們，聽著朵妮與莫妮的話，一時之間，他完全不知道該怎麼回應才好。經過這次的事件，他對朵妮與莫妮那種惡者根本不值得憐憫的說法深深地認同著，也認為壞人應該要受到嚴厲的制裁。

不過，他並不喜歡這種作法，也不希望自己擔任這個職分。制裁壞人，應該要有專門制裁壞人的人才對。可是如果天使都是跟小紫一樣的想法，如果壞人就在自己的眼前作惡，但是卻什麼都不做的話……

「妳們在做什麼？」

突然，小紫一聲大吼，衝進小淳與兩個邪靈的中間，震起一團煙霧。等到煙霧散去，小淳看見小紫與朵妮正對峙著，而莫妮則是手中捏著微弱的光球，放在嘴邊正吸吮。

「放開那個靈魂！」小紫大喊。

「哈，妳想得美咧！妳一個人是要怎麼阻止我們？」

朵妮咧嘴而笑，搶先發動攻勢，小紫伸手阻擋，在兩人之間展開一道屏障。一聲巨響後，雖然小紫順利的擋下朵妮的攻擊，但是朵妮並沒有受傷，只是跳離了一段距離。而莫妮也稍微退開了些，她手中微弱的光球已經不再閃爍。

小淳知道，這樣的對峙是毫無意義的，因為天使無法直接對邪靈發動攻勢，所以小紫根本沒有阻擋她們的辦法。而自己之前也早就在朵妮跟莫妮手中吃過了苦頭，連天使都沒辦法對付的邪靈，一個評鑑生更是毫無辦法。

「小紫，不行！妳一個人沒辦法對付她們的！」小淳對小紫大喊，「我們要趕快繼續幫助其他的人跟動物們才行，不然再繼續下去……」

可是，一切都已經來不及了。

後來撞上的兩台車，在遠處發生了大爆炸，火勢一瞬間就擴散了開來，吞沒了四周的森林。位在最後的保育警察們似乎正拿著無線電大吼，只不過事情演變至此，想必已經一發不可收拾。

任務十
烈火的山峰

「怎麼辦？該怎麼辦才好？」面對如此混亂的情況，小淳完全不知道該怎麼辦才好。如果沒有朵妮跟莫妮來搗亂，也許事情還不會那麼棘手，但是如果小紫能夠不要花時間去管她們，或許火勢還不會像現在這樣蔓延得那麼快。

他的耳邊，又響起了打鬥的聲音。那是小紫跟朵妮相互的吶喊。

小桃在哪裡，他也沒有看見。

四周都是火光與爆炸的聲音，這裡根本就像地獄一樣。

是呀！壞人作惡，好人無辜的死去。野火燎原，生靈逃竄。不就像是地獄一樣嗎？

「煩死了……」小淳嘀咕著，總覺得一切都在離他遠去。

「煩死了……這種世界……」現在的他，正感受著變成天使評鑑生以來最強烈的情感。但那不是平靜安穩、不是欣喜感動，而是厭惡。一種前所未有的厭惡與煩躁，填滿了他的內心。

「煩死了……這種世界……這種爛世界，我才懶得管呢！」

當正與朵妮對峙的小紫發現小淳的異樣時，已經慢了一步。伴隨小淳的大吼，四周的火焰四散爆炸，遠處的烏雲不知何時以及逐漸籠罩了天空，卻有一道巨大的光柱，伴隨著一個巨大的身影從天而降。

那是大天使喬斯汀。還沒有完全化作人類姿態的他，正以非常巨大的姿態，看著仰天大吼的小淳。

「人類，你要放棄了嗎？不想再管這個世界了嗎？不想再以天使評鑑生的身分，繼續執行天使的任務了嗎？」喬斯汀宏偉的聲音，響徹了整個天空，讓打鬥中的小紫與朵妮也都停了下來。

「小淳！」小紫大喊著，看著眼神中充滿怒氣的小淳，心中湧出了不妙的預感。但是……

「大天使，我問你。為什麼天使不能干涉現實的事情？」小淳面色凝重的看向喬斯汀問道。

「這是人類自己的選擇。當初人類選擇要『選擇權』，而捨棄了上帝的戒命，於是人類就離開了上帝全面的保護與看顧，同時必須為自己的選擇負責。而既然人類決定不要上帝的保護與看顧，我們就不能對人類必須負的責任隨便出手干預，因為這是上帝與人類立的約。」

「至於天使的任務，是因為上帝同時也與人類立約，答應當人類回頭追尋上帝的道路與公義時，祂必垂聽人們的禱告，必不將施恩的手離開他們，所以身為上帝使者的天使，就會在人們禱告呼求的時候前來幫助人類。這也是上帝與人類立的約。」

「那麼為什麼執行天使任務的時候，我們一樣沒辦法直接干涉現實呢？不是說天使會去幫助禱告的人嗎？像之前的任務，為什麼我們不能直接拯救被綁架的孩子呢？」

「因為剛才所說的兩種約，彼此會有互相牽制的問題，所以天使的干涉，也僅限於你與兩位天使執行任務時那樣。離世的紫可以說是執行任務的典範，從你們合作開始執行任務以來，我都一直在觀察你們，雖然稱不上完美，但執行任務上都還不算踰矩。」

「所以說，天使執行任務，無論如何都沒辦法直接干涉現實嗎？」小淳聽了喬斯汀的說明，似乎不太滿意。

一直以來，雖然小紫在執行任務的時候，總是擔當著非常稱職而且相當有力的夥伴，可是每次遇到這種兩難的時刻，小紫總是選擇忠實的執行天使的職分而不顧其他的狀況。就像剛才，明明小紫才說能夠稍微延緩火勢蔓延，卻又為了阻止邪靈而捨棄了那樣的作法，這讓小淳相當難以接受。

「即使人們已經陷入危機、即使無辜的人即將面臨慘劇，我們依然什麼都不能做。就因為我們執行的是天使的任務，所以就得受到這樣的限制？」他反覆的思考這一陣子以來各個任務中所遇到的抉擇，有時明明能做得更多，但是卻礙於『天使』這樣的身分而選擇放棄。為什麼？

「沒錯！就是這樣。」

喬斯汀肯定的回答，讓小淳下定了決心。他不想再親眼看著人們被惡者的行為所波及、他不想再看到無辜的人們受到傷害，不想再接受那種明明自己能伸出援手，卻得因著天使任務的限制，而得放棄拯救他人的選擇。

如果自己並不是天使，應該就有得選擇才對。喬斯汀似乎也是同樣的意思。

「所以人類，你的選擇是？」喬斯汀看著小淳，發出了最後的疑問。

「我不要再執行天使的任務了！」

隨著小淳的答覆，被黑暗吞噬的天空下，大地被火焰瞬間染成了鮮紅。

最終任務

惡夢的盡頭

「哼哼哼……哈哈哈哈！很好，人類，我要的就是這個答案！」

喬斯汀發出了巨大的笑聲，四周的空氣也跟著劇烈的振動著。此時，遮蔽天空的烏雲中紛紛裂出細小的裂口，有許多的光柱從天灑下，但卻不讓人覺得莊嚴神聖，而是顯得更加詭異陰森。

「小淳！」小紫聽了小淳的答案，詫異得張大了嘴，迅速的飛到了他的身旁，「小淳，你怎麼……你為什麼會說出這種話？」

她抓住小淳的領子，激動的大喊著。

「小紫……」不過小淳卻用難過的表情看著眼前的小紫，「我……我沒辦法接受這種結果。明明我們能做什麼，但是卻不去做，這樣太過分了，而且也太惡劣了。」

「可是、可是，這就是我們天使的職責呀！」小紫依然緊抓著小淳的衣領，「以不直接干涉世界的狀態盡可能的協助人們，就是我們的職責所在，不是嗎？」

聽著小紫激動的大喊，讓小淳不禁覺得心中有些難過。可是，就是因為他的想法與小紫不同，所以才希望能做出不一樣的決定。

「可是……」小淳低下頭，「可是，我並不是天使。我只是天使評鑑生，嚴格來說，我還算是人類吧！所以……所以，我應該還有選擇權，不是嗎？」

「好了，你們無聊的爭執先到此為止。」突然，朵妮的聲音出現在大夥兒身旁。「喬斯汀，你答應要給我們的東西，是不是該交出來了？」

小淳與小紫露出了訝異的表情，看著依然保持渾身耀眼光芒的喬斯汀。喬斯汀答應要給邪靈東西？什麼東西？這是怎麼回事？

「這個嗎？」喬斯汀從懷中取出了一顆正散發著光芒的球體，看起來像是靈魂，但是這個球體正閃爍的光芒，卻跟以往見過的所有靈魂都不相同。

除了有著閃耀奪目的光彩，同時有著極深黑色的雲霧，正環繞著這個球體打轉。

「沒錯，就是這個！『榮耀的同在』！快交出來，喬斯汀，我們說好的！」莫妮大喊著，露出了貪婪的神情。但小紫一聽到了這個詞，馬上訝異得大叫出來。

「『榮耀的同在』？喬斯汀大人，這是怎麼回事？」

不過回答的，並不是喬斯汀。

「哈，笨蛋下等天使！你以為我們很愛跟你們玩是不是？我們當然是有我們的目的，才會在你們身邊團團轉的啊！」朵妮笑著，將視線停在小淳的身上，「一切都是為了要阻止你這小子，並且得到『榮耀的同在』。」

聽著朵妮的說詞，小淳望向喬斯汀，盯著他發著光芒的臉孔。難道，喬斯汀一直都想阻止自己完成天使評鑑嗎？難道朵妮與莫妮的出現，而且那麼明顯的針對自己，就因為是喬斯汀的安排嗎？

只不過，喬斯汀並沒有答覆，只是看著小紫因為過度的訝異而僵硬的表情，以及小淳困惑的神情，將『榮耀的同在』拿到前方。

「怎麼了，喬斯汀？趕快把那東西交出來呀！」朵妮心急的大喊著，神情變得有些憤怒，「你該不會反悔吧，喬斯汀？還是說，天使也會說謊嗎？」

但是喬斯汀卻只是看了朵妮與莫妮一眼。

「不，還沒有結束。」他轉頭再度看向小淳，「人類，你說，你不要再執行天使的任務了，沒錯吧！」

「沒錯。」小淳看著依舊散發著強烈光芒的喬斯汀，雖然心中對眼前事情的變化感到非常的錯愕與擔憂，但是他並沒有打算要改變這個決定。「我不要再執行天使的任務了。」

「那麼，你打算怎麼做？」喬斯汀接著問道，這讓所有人都傻住了。

怎麼做？難道還有別的選擇嗎？

「我……」小淳聽了喬斯汀的疑問，一時語塞。

「其實，我也不知道該怎麼做。」小淳是真的打從心底這麼想。

「但是……但是……」但是，他還有想說的話。而且，也有想做的事。就在這些時間裡，就在經歷這段天使評鑑的時光之後。

「接下來，我要用我自己的作法來做。如果看見受苦的人，我就去幫助他。如果看到受難的人，我就去拯救他。如果看到有壞人正在行惡，我就去阻止他。如果有無辜的人遭受波及，我一定不會放棄他。」小淳堅定的看著喬斯汀，口中這樣大喊著，「如果天使做不到，那我這個不是天使的，就要代替你們這麼做。不管他們是否誠心的祈求上帝，我也會伸出我的手幫助他們。只要我能做到，我一定會去做！」

語畢，喬斯汀手中的『榮耀的同在』，發出了燦爛耀眼的光芒。剛才本來與光芒糾纏在一起的黑霧瞬間就被吹散，那道光，甚至比喬斯汀還要耀眼。

「哈哈哈哈！沒錯，就是這樣！游正淳，你答對了！」

「什麼？怎麼回事？」朵妮與莫妮被刺眼的光芒逼退，大夥兒一時之間還不知道發生了什麼事。但是小淳心中有種感覺，那就是他渾身都充滿了力量。

「這個魂依然是屬於你的，游正淳！」喬斯汀說著，將榮耀的同在放進了小淳的身體中，小淳的身體也跟著綻放著萬丈的光芒。

小淳驚訝的看著喬斯汀的舉動，完全不解到底是怎麼回事。但是小紫終於從無比訝異中回過神，不敢置信的開口大喊著：「難道……難道這個『榮耀的同在』，是小淳的魂？」

「喬斯汀，你這傢伙！」逐漸被逼退的莫妮，在遠處大喊著。「你騙了我們嗎？喬斯汀！」

「我並沒有欺騙妳們，朵妮、莫妮。」喬斯汀轉身看向逐漸遠離眾人的邪靈，似乎是笑了。

「天使評鑑，並不是要評鑑一個人是否勝任天使的任務，而是要看這個人是否能因著與天使共同執行任務，發現身為一個人類真正該做並且能做的事情，也就是學習上帝給予人們最初的樣式：祂的形象。」

「你成功的選擇了那個答案，就表示你通過了天使評鑑。朵妮、莫妮，我當初答應把『榮耀的同在』給妳們的條件，是妳們能阻止他通過天使評鑑。如今他通過了，妳們自然也就失敗了。」

「喬斯汀，你利用我們！」朵妮大吼著，慢慢往光芒的盡頭逐漸退去。小淳已經幾乎看不到她們的身影。

「一切都在上帝的安排之中。」喬斯汀只是淡淡的說著，看著兩個邪靈消失在遍地的烈火之中。

可是，這樣就結束了嗎？在不知不覺中，通過了天使評鑑。然後呢？小淳心中依然充滿著疑惑。

「太好了，小淳！你通過天使評鑑了！」小紫拉著小淳，開心的說著，「這樣一來……這樣一來……」

這樣一來，又該如何呢？通過天使評鑑之後，是否就能回到以前？

可是回想著當初的說法，小淳總覺得不是那麼一回事。

當初，喬斯汀確實是說過，只要通過天使評鑑，就能『擁有足以扭轉現實的力量』。所以這就表示，這一切都將變成沒有發生過。

因為小淳不會被車撞到，所以，小淳不會與小紫及小桃一起執行任務，他們不會受到朵妮與莫妮的襲擊，甚至，今天發生在大草原的事件，也都還不會發生。

是這樣嗎？這一切就是這麼一回事嗎？所以這一切，都將變成從未發生過嗎？

小淳看向小紫，發現小紫也注意到了這一點。兩人互相看著，彼此都陷入了錯愕之中。

「呃……」小淳轉頭看向喬斯汀，眼神中充滿了疑惑。但是喬斯汀卻彷彿早就知道他的想法，一隻手輕拍了他的肩膀。

「游正淳，這裡還有最後一個任務等著你去完成。」

「咦？」小淳不解。不是已經完成了天使評鑑嗎？不是已經結束了嗎？

「只要你願意，你就可以再拯救一個靈魂。」這時喬斯汀轉頭看向小紫，而小淳也因著喬斯汀的這個動作，好像也明白了什麼。

「咦？喬斯汀大人，小淳，這是怎麼回事？」小紫也因著喬斯汀的問題而感到疑惑，只不過她對兩人都看向自己的表情，更是感到相當的驚惶。

「小紫，小桃呢？」小淳的第一個反應，是對雙胞胎天使的疑惑。他回想起小紫所說過的一切，包含她所說的『痛苦的過去』，以及『由人變成的天使』，似乎還有著另一個層面的隱情。

但是小紫並沒有想到這一點。

「小桃？」她因著小淳的問題，不停的張望著，卻沒有看見小桃的蹤影。

「天使評鑑並不是一個單一的事件而已。游正淳，你記得你當初為什麼會死嗎？」喬斯汀無視小紫的疑惑，看著正想將一切都剖析看透的小淳。

「是因為小桃的失敗。」

「沒錯，正是如此。但是依照你這段時間以來的經驗，你覺得續命天使的任務，是否跟你所親身遭遇的事情有所出入？」

小淳順著喬斯汀的話回想，確實，從天使評鑑開始以來，他們從來就沒有執行過任何類似像小淳死掉那時候的任務，什麼以毫秒之差讓一個人免於死亡，這種事情光是想像就覺得太困難了。

「而且，你們的續命以及引導任務也曾經有失敗過。但是你是否有發現，即使你們失敗了，也沒有任何人因此來接受天使評鑑。」

「對！」小淳似乎明白了什麼。

「游正淳，這一切都在主的安排之中。當初拯救你的任務會失敗也是，一切都是主的安排。為了讓祂榮耀的同在發光、以及讓一個正哭泣的靈魂得到救贖。」喬斯汀說著，再度看向了小紫。

「離世的紫……不，你還記得妳的名字嗎，少女？」

「咦？我的……名字？」小紫聽了喬斯汀的疑問，顯得更加的困惑了。但是小淳並沒有從她的臉上，看見對小桃不見的緊張與擔憂，反倒是充滿了疑惑，而且似乎顯得有點失神。

「少年，你已明白了什麼，對吧！」喬斯汀將視線離開了小紫，停在小淳的身上。

「其實……其實，我並不是很確定。但是我有選擇，對吧？」小淳看著喬斯汀，眼神中充滿了肯定。

「那麼你就去吧！如果這也是你想做的事的話。」

「是的，這是我想做的事。」

隨著小淳的答覆，喬斯汀再度將手放上了小淳的肩膀。接著，小淳感受到自己的雙手彷彿正閃耀著光芒，他幾乎都可以感覺到自己每一下血管的脈動，熱流在手指之間流竄的感受。

趁著這股強烈的感受，小淳猛然抓住呆滯著的小紫的雙肩，卻感受到一股更勝於自身熱流的灼熱從小紫的身上反噬過來。

下一刻，灼熱的火焰在瞬間噴發，讓小淳眼前的一切都被染成鮮艷的紅色。四周的一切都被吞噬殆盡，連喬斯汀的身影都消失無蹤。

「小紫……」

小淳在火焰中，連自己的雙手都看不見，只不過他心中只想趕緊找到小紫的身影，恐懼與疑惑早就被他拋在腦後。他用力的撥開火焰，想從中看見任何一絲不同於火焰的東西，但是卻徒勞無功。

「這是怎麼回事？」小淳在心中自問著，卻聽到了喬斯汀的聲音。

「游正淳，這次你得捨棄以往的作法。之前，你是以天使的身分在執行任務，而這次，你選擇了要以一個人類的身分做出選擇，所以，你得靠自己找到突破點才行。」

「突破點，是嗎？」

小淳咬著牙，感受著四周無盡的灼熱，燃燒著自身每一吋的肌膚。明明自己沒有肉體，卻還要感受火焰焚身的痛，實在是太荒謬了。

想到了烈火焚身的痛苦，小淳想起了小紫上次與朵妮戰鬥時，雙手曾被火焰給吞噬的畫面。那時的小紫，不但不感疼痛，事後似乎還說了某一句讓小淳一直想不通的話。

「咦?等一下!」

『我不怕火。』

「就是這個!」小淳想起了那一句一直令他感到有股異樣的話語。他那時完全沒有從小紫的話中，聽出這句話有什麼重要性，但也許就是因為這個原因，所以才顯得格外的突兀。

「小紫她……是死於火災嗎?」小淳將雙手往兩旁用力一揮，瞬間，火焰終於四散開來。小淳眼前的景象也變成位在一間著火的房屋大廳中。

不過，與其說是房屋，也許用宅邸來稱呼小淳現在所在的地方還比較恰當。他應該是位在玄關之類的地方，空間非常寬闊，眼前是一個直通二樓的大樓梯，兩旁都有空間通往不同的廳堂，簡直是在電視上看到的大型別墅才有的規格。

這並不是火災才剛發生的時候，從火焰的蔓延感覺得出火災應該是從一樓的某處開始擴散，只不過從現在的火勢來看，應該是已經到一發不可收拾的程度了。

小淳知道，自己可能完全沒有能夠猶豫的時間，於是便開始四周搜索了起來。

「小紫會在哪呢？小桃是不是也在一起？」小淳知道自己大叫也沒有用，而且因為火焰的關係，小淳也沒辦法到處亂走，只能搜索一些還能進去的地方。不過，他在一樓繞了一圈下來，幾乎是一無所獲。只知道火勢是從廚房一帶延燒出來，而且房子裡面也沒看到其他人。

「在二樓嗎？」小淳跨著大步，一邊閃躲火焰一邊衝上二樓，而就在他剛登上二樓的瞬間，馬上就聽到從角落的房間中傳出一陣東西破碎的聲響。

「是那邊嗎？」於是他快步的衝進房中，想不到，他卻被映入眼簾的景色給嚇了一大跳。

那確實是小紫還有小桃，還有一個陌生的男人在房中。只不過，她們兩人現在都與在天使的國度見到時不同，兩人都是黑髮，而且幾乎是半裸著身子，四肢上掛著類似鎖鏈的東西。小紫跪在一旁，而小桃則是面部朝下的倒在地上。看著小桃身旁一大堆的陶瓷碎片以及鮮血就可以想見，那聲東西破碎的聲響，正是那不知是花瓶還是什麼的東西，剛才正狠狠的打在了小桃小小的腦袋瓜上。

這時，男人正背對著兩個少女在地上爬著，他的背後突出一把刀柄，刀身狠狠地插入了他的身體，他也因為這樣的痛苦而無法順利的行動。然而小淳看著眼前的景象，小紫過去所說過的話語又浮現在他的腦海中。

『……她完全不記得自己生前的事情，不過這樣也好，至少她不必帶著對自己過去那一輩子的痛苦回憶來擔任續命天使……』

那一輩子的痛苦回憶，也是小淳一直無法理解的內容。是什麼能讓人痛苦一輩子？而又是什麼樣的痛苦回憶，會讓人不適任續命天使的任務？他似乎明白了小紫的意思。

並不是某種痛苦持續了一輩子，而是活著的這一輩子都是痛苦。小淳看著小紫與小桃身上的衣著，以及眼前的事件，腦中似乎已經浮現了某種輪廓。

難道這種事情，真的會發生在現實之中嗎？他不願意相信。可是他看著倒下的小桃半開的眼中，那正逐漸失去生命光芒的雙眸，他知道，這是個極端故事的結局，但也是個悲劇的結束。

她轉頭看向小紫，從小紫的眼中看到了驚惶與無助。不過他也發現，有另外一種極端的強烈情感，正在小紫的心中萌芽。

「小紫！」

看見這一幕，小淳於是明白接下來還有事情要發生，便開口喊了小紫。不過她並沒有反應，果然以靈體的身分，小淳依然無法與物質世界的人們溝通。

而小紫心中的情感，也在這一瞬間爆發，小淳看著她穿過了自己，大步衝向正往外爬的男人，一個跳躍就直接往他的背上踢下，男人因為受傷而無力，被這麼出乎預料的衝擊，即便是體重看起來很輕的小紫，也是一下就讓他趴在了地上。

只是，小紫並沒有因此停手。她大吼著，伸手把男人背上的刀子猛力的拔出，讓他痛得掙扎起來，但小紫卻立刻再將刀子插入男人的背部，痛得他大叫並且全身抽動著。就這樣，小紫在男人身上不停的揮舞刀子，鮮血四濺，連小紫的身體都被染紅，然而小紫卻只是一直大吼著揮刀，直到男人完全不動了，她才逐漸停下了雙手。

小淳沒有辦法阻止她，而且他相信，如果有辦法的話，他也『沒辦法』出手阻止她。

這是小紫對自己悲慘人生的最後反撲。

小淳明白，如果她不這麼做，就無法跟自己的人生做個交待、也無法跟倒在地上的小桃做個交待。

他看著小紫走向小桃，將她的頭枕到自己的雙腿上，輕輕的闔上了她的雙眼，眼中滿滿的都是淚水。

「妹妹，對不起……如果不是妳的話，死掉的就是我了……」小紫抱著小桃，側著身子靠在小桃的側臉。此時，小淳才看到在小紫的脖子上，有著一道發紫的勒痕。

「因為有妳在，我才能撐得過這個地獄。因為有妳在，我才能下定決心要逃離這一切。可是……可是現在……妳不在了，我又該到哪裡去才好呢……」

小淳聽著小紫的話，也不知道該怎麼回答才好。只能看著小紫抱著小桃哭泣，卻完全不知道該說什麼、也完全不知道該做什麼才好。

「算了吧……就讓這一切都過去了就好……」小紫嗚咽的說著，「就讓這把火燒去我們污穢的身體以及殘破的心吧……讓火焰煉淨我們吧……這樣或許在另一個世界，我們還能坦然的面對自己……」

此時，大廳中似乎傳來了什麼斷裂的聲音。

小淳被這個聲音給驚動，趕緊跑出房門，一看才發現另一邊的廳堂已經因為火勢而開始崩塌了，也不知道這間房子還能稱多久。

「該怎麼辦？」小淳回首，看著哭泣的小紫以及死去的小桃，心中充滿了千萬的感慨。

這兩個女孩，都因為這次的事件及火災而死了，結束了她們背負著痛苦的一生。

小紫說過的贖罪，應該就是這件事吧！放火燒了這個宅邸的應該就是她，所以她才會被那個男人給攻擊。而最後，她又親手用刀子把這個男人給殺死，即便是報仇，那對靈魂來說，確實也是罪孽。也因為如此，她們受到上帝的眷顧與憐憫，給予機會讓她們重生成天使，而不是因著靈魂的罪而下地獄。

「咦？」

可是這時，一個畫面讓小淳極度的震驚。就在他的眼前，小桃的靈魂閃爍著光芒，從她的身體中飄出。那個靈魂的光芒，就像粉紅色的鑽石一樣七彩奪目。他從來沒有看過這樣的靈魂。

「純潔而充滿著愛的靈魂啊！」突然，一道聲音從天花板上飄下，「即使在恐懼與絕望的深淵，依然抱持著愛與純真，最後，選擇了為自己的姊妹犧牲了自己。」

一個全身發著白色光芒的天使，緩緩的降落到小桃與小紫的身旁。他用雙手捧著小桃的靈魂，輕輕的將它放入地底，一邊說著：「即便不是信主的靈魂，也能得到主的恩賜，因為主的愛就是如此平等。妳就安穩的陷入沉睡吧，相信在世界的末了，妳將會屬於永恆的國度。」

隨著天使的話語，小桃的靈魂逐漸下沉，消失在地面之下。小淳看著這一幕，突然之間感到錯愕極了。小桃與小紫，不是會一起成為天使嗎？

「呃……」驚訝中，小淳不小心發出了聲音，但他也不知道自己想要說什麼。這時，那天使才注意到小淳的存在，似乎也感到非常的驚訝。

「你是……被主所眷顧的靈？你怎麼會出現在這裡？」天使似乎也錯愕得傻了一下，彷彿能感受到那被放入小淳裡面的『榮耀的同在』般的這麼說著。但下一刻，他卻好像明白了什麼一樣的笑了出來。

「哈哈，原來是這麼回事。」天使回頭看了一眼依然跪在地上的小紫，然後又再度回頭看向小淳，「超越一切時間與空間的萬有的主啊，原來是這麼回事嗎？」

「呃……請問……?」小淳聽著天使的笑聲，仍然相當困惑。

「這一切都在上帝的安排之中，因為祂的道路高過我們的道路、祂的意念高過我們的意念。」天使說著小淳曾經從喬斯汀口中聽過的話語，然後指著他說，「人類，你會來到這裡，是因為你想做什麼呢?」

「我想……我想……」小淳回想著他的決定，卻不知道他最後從喬斯汀那裡得到的暗示是什麼。他只知道現在的自己，終於瞭解了小紫成為天使之前的過去，可是卻不知道該做什麼，也不知道自己能做什麼。

「好好的思考，人類，那是你唯一能做的事情。還有，選擇。」語畢，天使在一道閃光後就完全的消失了，留下依然哭泣著的小紫，以及不知該如何是好的小淳。

「我該……有什麼我能做的事情嗎?」小淳握緊拳頭，仔細思考著眼前所見的一切，但是一時之間也不知道有什麼事情能做。

現在的狀況，讓小淳不單單只是不知道自己能夠做什麼，甚至是狀況都有點不太明白。

小桃死了，但是她的靈魂已經陷入沉睡，將等待世界的末了。可是小紫還活著，雖然以這棟宅邸的狀況來看，小紫應該也很難逃出生天了。但是這樣一來，就沒辦法解釋為什麼小淳會遇到雙胞胎天使了。小桃如果已經沉睡，那麼天使應該就只有小紫一人才對呀！

「到底是怎麼回事？」小淳絞盡腦汁的想著，但無論如何也想不到什麼合理的答案。他的腦中一直繚繞著小紫以前所說過的話，但是卻絲毫無法從中找到什麼關鍵的詞語。

這時，崩塌的聲音又從廳堂中傳來，很明顯的時間已經不多了。小淳明白，小紫並不打算逃走，因為對她來說，她生存下去的唯一支柱已經不在了，即使毀了人生中的惡夢，她也沒有再繼續活下去的動力。這一點小淳完全可以理解。

只是，如果只剩下小紫，那麼以她現在的狀況，也許會沒辦法勝任天使的任務也說不定。尤其是小桃的任務，是協助延續他人的生命，一方面要堅持的為人加油打氣，適時的替人補充精力，還可能要承受任務失敗的悲痛，這對小紫她們一生的經歷來說，實在是太難承受了。

「等等……」想到了這裡，小淳不禁一顫。難道事情真是如此嗎？

如果以當前的狀況來推測，事情也許就只有那麼一個可能。

所以小桃，是小紫為了讓自己能勝任天使的工作而創造出來的分身嗎？還是說，那是小紫對小桃的印象所投射的幻影？

所以小桃才沒有記憶，因為小紫不可能擁有小桃的記憶。

這樣一來，就能解釋小桃的一切。小桃的存在，是如此的療癒人心、善解人意、又能完美的能反應人們心中所渴望得到的溫暖以及安慰，即使是多麼純潔無瑕的天使，應該也不太可能辦到這一點。

所以，小桃只不過是小紫所設下的騙局。或許，小紫連自己都欺騙了，讓小桃跟自己一起擔任天使，一方面將續命這種將承擔生命責任的任務交給自己所創造的幻影，然後將自己痛苦的記憶塵封，以上帝對天使的戒律為核心思想，選擇用冷眼來看待這個世界。

真的能做到嗎？他不知道。但是眼前唯一的解釋，似乎也只有這個可能而已。

火勢愈演愈烈，連門外都竄出了火焰的身影。小紫已經停下了嗚咽聲，也許是哭累而昏過去了，整個宅邸只剩下火焰燃燒的轟隆聲，以及木頭結構被火焰吞噬的劈啪響。

小淳佇立在原地，反覆思想著這個推論的可能性。會不會有別的可能？而如果沒有別的可能，那自己現在又能做什麼呢？

在反覆的思索中，小淳逐漸感到不妙。因為如果再這麼下去，小紫就會這麼喪身火窟，而這樣一來，他就什麼都沒有改變了。

只不過現實並沒有給他猶豫的時間，小淳才剛發現小紫已經被火焰包圍，伴隨著一聲清脆的崩裂聲，小淳自己頭上的天花板就這麼坍了下來。

小淳急忙的往旁邊跳開，炙熱的火舌如同旋風一般的馬上就竄進了房間之中。他趕緊來到小紫的身旁，發現小紫因為巨大的聲響而驚醒，正以絕望的雙眼看著被火焰包圍的自己與小桃。

「為什麼還要讓我醒來呢？神啊！祢就不能讓我痛快的死去嗎？」小紫抬著頭，看著空洞的天花板，竭盡全力的喊著，讓小淳的心也跟著感受到一股撕裂。

「不行……」但是同時，小淳心中也湧生了新的想法。「妳不能就這麼死掉。這樣一來，一切都還是原來那個樣子！」

小淳低聲的說著，突然間，他感受到那股與『榮耀的同在』綻放光芒時相同的力量。

「贖罪也好、逃避也罷。如果妳依然帶著這種情感成為天使，那一切就都失去意義了。」

愈發肯定的意志，讓小淳感到自己全身逐漸充滿了力量，從身體中發出的光芒也逐漸變強。

「妳不能死，因為妳還有妳的使命。」小淳這麼說著，同時，小紫驚恐的瞪大了雙眼，望向小淳所在的位置。

「是誰……」小紫惶恐的喊著，全身無力的癱倒。

「妳不能死，因為妳的死亡不會改變任何事情。」小淳被小紫的舉動嚇到，明白了她似乎可以感覺到、甚至是看到自己。然而同時，他體內的力量也因著他的思考逐漸的變強。漸漸的，光芒吞沒了他的整個人，他就像是天使一樣，有著模糊的輪廓，以及散發的金色光芒的外表。

「不！為什麼？為什麼不讓一切結束就好？為什麼要讓痛苦持續下去？」小紫嘶聲竭力的喊著，淚水又再度從臉上滑落。「明明都是痛苦，明明都是地獄，為什麼不能死了就算了？難道還要我繼續受苦嗎？」

聽著小紫的哭號，小淳也不禁流下了眼淚。但是他的想法依然沒變，因為他知道，死亡不是結束。

「死亡，是靈魂另一段旅程的開始。如果背負著這樣的痛苦而死，妳的靈魂只會在現在的憎恨與痛苦的折磨下繼續新的旅程。」小淳用手拭去淚水，「只有活著，妳才有機會放下過去的痛苦與憎恨，創造妳新的生命。如此一來，妳才能真正離開這永遠折磨妳的地獄。」

天花板因著火焰的焚燒而持續的崩落，但此時，小淳的背上卻張開了巨大的金色翅膀，將火焰與崩塌阻擋在自己與小紫、小桃之外。

「這需要很長的時間，而且罪依然存在，但是，相信妳一定能克服的。」小淳說著，露出了一絲微笑。

「不可能的。我沒辦法的。失去了妹妹的我，根本什麼也……」小紫說著，淚水不停的流著。她嗚咽得不能言語，再一次的抱緊了小桃的遺體。

「雖然……也許我沒資格這麼說，但是我相信，她會為妳犧牲，也一定會希望妳能好好活下去。」

「你少在那邊自以為什麼都懂的樣子！」

小淳說到這裡，小紫突然大吼起來，「你知道我們度過什麼樣的人生嗎？你能體會本來以為是父親的人，竟然只是把我們當玩具在養育的絕望嗎？你能體會每天都擔心著自己什麼時候會被那個男人給廢棄、毀掉的恐懼嗎？你能體會不被當作人類看待的屈辱嗎？少在那裡……少在那裡……」

「是的，我不知道。」小淳聽著小紫真實的告白，對著自己所推測的悲慘故事為真感到極度的悲痛。「但是我也知道，就是因為經歷過這些，所以妳一定比更多的人能夠活得更堅強。」

「你這傢伙……為什麼能……為什麼能這麼肯定？」

「因為我相信妳，而且比妳更相信妳自己。」

小紫的看著天使化的小淳，無法再說出一句話。彷彿就連她也不知道、也不確定了。而小淳則是看著這樣的小紫，心中感到更加的肯定。

「只不過，妳依然有選擇的權利。選擇在絕望與痛苦中死去，或是背負著罪與痛苦的回憶活下去。無論選擇哪個，妳都還會痛苦好一段時間。」小淳彎下身子，伸出了手，「可是，至少還有希望，而且不是渺茫的希望。」

「還有……希望嗎？我還能相信……希望，是嗎？」小紫聽著小淳的話，看著小淳伸出的手。

「是啊！只要相信，上帝的恩典一定常與妳相伴。那就是希望，就是力量。」

「上帝的……恩典……」

小紫輕聲的說著，緊緊的握住了小淳的手。小淳感覺到小紫手掌傳來的炙熱，就如同『榮耀的同在』一般強大。於是他笑了，大大地微笑。

「願上帝的慈愛與恩惠常與妳同在。」

小淳將小紫從地上拉了起來，在她的肩膀上輕推了一把。霎時間，金色的翅膀打開一道空隙，小紫身上纏繞著小淳散發的金光，從火焰的空隙飛出宅邸二樓的窗戶。

在最後的瞬間，小淳彷彿聽見了她的低語。

「永別了，小紫。我的妹妹。」

那是她最後的聲音。

「咦？」但小淳卻錯愕的傻了，看著被留在宅邸二樓、正逐漸被火焰吞沒的小桃的遺體，心中的混亂又揪結在一起。

「唉呀！原來從頭到尾我都被妳騙了嗎？」小淳抓了抓頭，身上的金光逐漸散去。此時，火焰已將小淳完全的包圍，但是他卻完全不感到一絲的灼熱。

「人類，我真是對你刮目相看。」喬斯汀的聲音出現在小淳的腦中。「這也許是我們最後一次說話了。人類，恭喜你通過了天使評鑑，你的死亡將被扭轉，而你拯救的靈魂也將得到釋放。這是主無盡的恩惠，望你在甦醒後，也能夠成為主的使徒，為主做工。」

「等等……」小淳知道時候已到，自己的任務也已經結束。只不過他還有一件事情依然掛心。

「我還會……記得這一切嗎？」他問。

但是。

「這一切都從未發生過。」

四周的火焰將小淳給完全的吞噬，他的意識也逐漸的模糊，眼前失去了焦點。

而伴隨一聲巨大的喇叭聲，他突然覺得自己失去了重心。他知道，一切都是從這裡開始。

所以他穩住了前傾的身體，在迷濛的意識中，感覺到右臉一陣灼熱。

好痛！

此時噴發的火焰卻逐漸的消退，最後，他眼前破碎的場景又再度接合在一起。

然而這一切，都將變成從未發生過，是嗎？

終曲

小淳靠在路旁的郵筒上，正等待自己的同學們從心血來潮進去亂逛的書店裡面出來。天氣逐漸轉涼，高中的制服也換成了長袖。

那場車禍，也早就是將近半年前的事情了。

「好冷。」因為懶得穿尼龍外套的關係，小淳撮著雙手抵禦著傍晚滲出的寒意，一面吐槽自己懶惰付上的代價。他右臉頰上的那道車禍疤痕，也因著寒風而隱隱作痛著。

這時，一群正在嬉鬧的高中女生迎面走來，似乎是鄰近的升學高中的女學生。小淳一向不太喜歡她們給他的感覺，於是便轉過身子背對著她們。但等到她們走過，小淳卻不自禁的抬起了頭，望著一個似曾相識的背影。

那是一個綁著黑色長馬尾的女生。從側臉看起來，她有著出眾於其他女孩的姿色，身材纖細而高挑，明顯是那種會被眾星拱月型的女孩子。只不過如此漂亮的女孩，小淳一方面覺得彷彿似曾相識，卻又想不起來是在哪裡見過。

「應該只是之前路上就遇過吧，畢竟是隔壁高中……」

小淳低聲的嘀咕著，總覺得被漂亮女孩吸引目光的自己傻得很。他低下頭，拿出自己的手機準備在銀幕上開始滑動。但是也不知道為什麼，他又抬起了頭，望向前面那群女學生，卻看到那個女孩正回過頭，與自己四目相對著。

那是一個有著紅褐色的、美麗的大眼睛，表情卻非常嚴肅的少女。

「小桃？」

而她的同學喊著的，似乎是她的名字。

後記

大家好，我是神代。很開心這次有機會能跟雪原雪老師合著這本《天使評鑑》，老實說當初能得到這個機位與創作前輩一起合著這本書，真是令我倍感驚惶。所以我也要再次特別感謝雪原雪給我這個機會，讓我可以完成這樣的一本作品。

身為一個基督徒，我也很意外能夠得到這樣的一個機會，能夠創作這本與上帝、天使、邪靈有關的奇幻作品，當初雪原雪老師還特別跟我說『關於宗教上的解釋與設定，如果我寫的有誤就把它全都改掉吧！』，於是我當時就決定要善盡我的責任，將相對的用語以及設定都讓它符合聖經，於是就呈現出了這樣一部與一般奇幻作品中認知大不相同的作品，希望大家在閱讀的時候，不但覺得作品本身有趣，也對於十字教中對相關名詞的解釋有更多的認識、有不同的理解。

不知道各位在閱讀完這本書的時候，是什麼樣的心情呢？我總是會這麼想。如果能夠將我想要傳達的理念讓讀者們明白，那真是再好不過了。

而這次的創作，為了要讓大家能夠明白故事裡面各種發展的緣由，並且讓大家能夠找到一切可尋的線索，我前後嘗試並且修正了非常多次，希望能夠讓讀者們在閱讀到後面的時候，會一直發出『原來是這樣！』的驚嘆。不曉得這些細節有沒有被各位看見，如果有的話，我也會非常開心的。

那麼最後，我要特別感謝閱讀此書的你，無論你是購買、借閱、或者是在書店裡面看完這本書，我都要由衷的感謝你。能夠有人願意將這本創作給看完，我實在感到萬分的榮幸。

謝謝你！我會把這份感激的心情，化做我對下一本著作的動力，並且持續的創作下去。

也希望有機會能夠再次在後記這個地方讓各位看到我的廢話。謝謝。

培育文化 奇幻魔法 24

天使評鑑

作者　雪原雪&神代栞凪
責任編輯　許安遙
美術編輯　姚恩涵
封面設計　青姚

出版者　培育文化事業有限公司
信箱　yungjiuh@ms45.hinet.net
地址　新北市汐止區大同路3段194號9樓之1
電話　（02）8647-3663
傳真　（02）8674-3660
劃撥帳號　18669219
CVS代理　美璟文化有限公司
TEL／(02)27239968
FAX／(02)27239668

總經銷：永續圖書有限公司
永續圖書線上購物網
www.foreverbooks.com.tw

法律顧問　方圓法律事務所　涂成樞律師
出版日期　2017年07月

國家圖書館出版品預行編目資料

天使評鑑 / 雪原雪, 神代栞凪合著.
-- 初版. -- 新北市 : 培育文化, 民106.07
面 ; 公分. -- (奇幻魔法 ; 24)
ISBN 978-986-5862-94-7(平裝)

859.6　106007589

※為保障您的權益，每一項資料請務必確實填寫，謝謝！

姓名		性別	□男 □女
生日	年 月 日	年齡	
住宅地址	郵遞區號□□□		
行動電話		E-mail	

學歷

□國小 □國中 □高中、高職 □專科、大學以上 □其他______

職業

□學生 □軍 □公 □教 □工 □商 □金融業
□資訊業 □服務業 □傳播業 □出版業 □自由業 □其他______

謝謝您購買 天使評鑑 與我們一起分享讀完本書後的心得。務必留下您的基本資料及電子信箱，使用我們準備的免郵回函寄回，我們每月將抽出一百名回函讀者，寄出精美禮物以及享有生日當月購書優惠！想知道更多更即時的消息，歡迎加入"永續圖書粉絲團"

您也可以使用以下傳真電話或是掃描圖檔寄回本公司電子信箱，謝謝！

傳真電話：（02）8647-3660　電子信箱：yungjiuh@ms45.hinet.net

●請針對下列各項目為本書打分數，由高至低5～1分。

	5 4 3 2 1		5 4 3 2 1
1.內容題材	□□□□□	2.編排設計	□□□□□
3.封面設計	□□□□□	4.文字品質	□□□□□
5.圖片品質	□□□□□	6.裝訂印刷	□□□□□

●您購買此書的地點及店名______

●您為何會購買本書？

□被文案吸引 □喜歡封面設計 □親友推薦 □喜歡作者
□網站介紹 □其他______

●您認為什麼因素會影響您購買書籍的慾望？

□價格，並且合理定價是______ □內容文字有足夠吸引力
□作者的知名度 □是否為暢銷書籍 □封面設計、插、漫畫

●請寫下您對編輯部的期望及建議：

221-03

新北市汐止區大同路三段194號9樓之1
傳真電話：（02）8647-3660
E-mail：yungjiuh@ms45.hinet.net

廣 告 回 信
基隆郵局登記證
基隆廣字第200132號

培育

文化事業有限公司

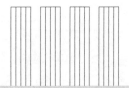

讀者專用回函

天使評鑑

培 養 文 化 育 智 心 靈 的 好 選 擇